KB215416

신중년의 사랑노래

소통과 힐링의 시 32

신중년의 사랑노래

초판인쇄 : 2025년 5월 26일
초판발행 : 2025년 5월 28일

지은이 : 이경근

펴낸곳 / 출판이안
펴낸이 / 이인환
등 록 / 2010년 제2010-4호
주 소 / 경기도 이천시 영창로 314번길 51, 203-302
전 화 / 010-2538-8468
인 쇄 / ㈜아르텍
이메일 / yakyeo@hanmail.net

ISBN : 979-11-985812-1-1(08310)
가 격 : 12,000원

* 출판이안은 세상을 이롭게 하고 안정을 추구하는
책을 만들기 위해 심혈을 기울이고 있습니다.

소통과 힐링의 시 32

신중년의 사랑노래

이경근 시집

서시

오늘은 시를 쓰고 싶어요
꽃이 피어 있는 길을 걸으며
추억의 사랑에 그리움이 넘치는

내일은 그 시를 읽고 싶어요
먼 훗날 별이 되기 전에
꿈속에서라도 달콤한
옛사랑 그리며

Contents

Contents

2부 내가 사랑하는 사람*35

3부 햇살처럼 따뜻한 사람*49

Contents

4부 우리 사랑 이대로*65

5부 좋은 친구들 곁에 두니 *83

Contents

1부
신중년의 사랑노래

신중년

꽃 피고 파란 생명이 꿈틀거리며
환호성 치는데
차가운 꽃샘바람 때문인가

세상을 이야기하지만
머리가 텅 비는 느낌은
주름이 깊어가는 때문인가

신중년

외롭고 쓸쓸하네
새로운 나의 길을 찾아가는
이 지독한 고독의 길이여

신중년의 다짐

참 난 밥통처럼 살았습니다

꽉 짜여진 일주일 내내
업무에 시달림 받고
가장이라는 임무를 머리에 이고 있다가
부부동반으로 떠나는 당일치기 여행

여행을 간다면 싫다고
징징거리며 핑계를 늘어놓지만
협박하며 강제로 끌고 가는 버스여행

친구들 부부는 흥겹고 신나서
먹고 마시며 즐거워하지만
당신은 배 아프다며
진종일 맛난 음식 바라만 보고
물과 음료수는 뚜껑도 열지 않았지

눈치 없고 쑥맥 같은 남편인 난
자존심 강한 당신이
37년 숨겨 온 길치를 알아채지 못하여
정말 미안합니다

이제부터 당신의
진솔한 안내자로 살겠습니다

신중년의 사랑노래

당신은 마음이 참 예쁜 사람입니다
당신은 나의 친구가 되어 위로를 주고
책 읽기를 좋아하는 당신 따라
나도 읽고 쓰는 습관을 얻었습니다

당신은 일찍 자고 일찍 일어나
꼭 몸단장하고 아침상을 차리며
매일 챙겨 먹어야 할 약을
함께 올려주니 고맙습니다

불만 있어 툴툴거리는 가족을 보면
당신은 우유빛깔 얼굴에 잔잔한 미소로
마음을 다독여 안정을 줍니다
일상이 지루하지 않도록
반려식물을 키우며 집안을 아름답게 만듭니다

자녀들이 삶에 지치고 힘들어하면
당신은 경험을 들려주며
용기를 주는 스승이자
인자한 어머니 역할을 하니 든든합니다

건강해야 가정을 지킨다며
당신은 규칙적인 운동으로
솔선수범을 보이니 감사합니다

당신과 함께 한 사십칠 년이
하루같이 지나갔지만
앞으로 오랫동안 봄 햇살 내리듯이
오순도순 사랑하며 따뜻하게 살아갑시다

당신은 참 예쁜 사람입니다
당신은 나의 영원한 애인이 되어
챙겨주기를 좋아하는 당신 따라
나도 아름다운 참사랑을 배웠습니다

신중년의 사랑노래2

젊었던 날에는
차 조심 말 조심
술 조금 해요
행복을 살 만큼 벌어 와요
친구보다 직장보다
가정이니
일찍 집에 와 애들과 놀아줘요

요즘은
차 말고 걸어 다녀요
서서 티브이를 봐요
근력을 키워 봐요
운동하듯 청소해 봐요
쓴 물건은 제자리 둬요

당신은
나의 어머니요
스승입니다
이제야 알았습니다

신중년의 노래

시린 겨울바람 부딪히며
퇴근길에 마주친 옛 친구
따끈한 장국밥 한 그릇 놓고
술잔 타고 추억여행 떠나네

삼십 리 떨어진 집에 가는
마지막 버스 놓치고
술자리 이곳저곳 다니니
통행금지 시간 가까워 택시도 없네

외박할 것인가?
달 보고 별을 세며 두 시간 걸어 집에
갈 것인가?

갈등하다
통행금지 구역 벗어나기 위해
들뛰던 퇴근길 상상만 해도
이제 웃음이 나네

기다리는 법
– 신중년의 노래2

기다림은 혼자 버티며
다시 일어나는 일입니다

잎새 떨군 나무는 앙상한 몸에
나이테 새기며 기다릴 줄 압니다

한 살 더 먹는 나이값 하려고
해마다 세월의 무게를 새깁니다

나 외롭지만 버티며
기다리는 법을 배웁니다

아무 생각 없을 때
- 신중년의 노래3

뒤돌아 올 수 없는
오직 그 길뿐이라
아무 생각이 떠오르지 않는다
오르지 몰입하다 보면
옆 사람이 불러도 모르고
조금 전 있었던 일도 생각나지 않는다

무리 지어 날아가는 기러기를
우두커니 바라보고 있을 때나
아름다운 풍광에 빠져
좋은 추억을 쌓고 있을 때도
눈이 폭포수처럼 떨어져
하얗게 들녘을 덮고 있으면
아무 생각이 없다

아무 생각 없을 때가
가장 행복할 때다
잘 하고 있을 때다

살얼음판
– 신중년의 노래4

고희도 지나간 어제 같고
마치 하룻밤 같은 삶의 여정이라
이런 단막극 인생에
꿈 이루기도 벅차고
힘이 드는데
또 다른 허망 때문에
살얼음판 하나 구분 못하고
삶이 앗아지기도 한다

굴곡진 길도 지름길도 살아보니
경험은 서로 다르다, 다름이다
이런 다름을
내 안에 다름만 주장하고
내 이외 다름은 인정하지 않고 있다

경험의 지혜가 넘치고 넘쳐서
즐겁고 행복하여야 함에도
머릿속 셈법이 더 복잡해지는 것은
숨어있는 욕망 때문에
또 다른 욕심을 내리지 못하기 때문이다

고희도 지나간 어제 같고
마치 하룻밤 같은 삶의 여정이라
백 세를 산들
살얼음판 하나 분간 못하면
살아도 살았다 할 수 있겠나

마음의 텃밭
– 신중년의 노래5

마음을 기록하는 텃밭이 없다면
중년의 삶이 지금 같이
여유와 풍부한 감성을 가질 수 있을까

빡빡하고 겹겹인 일을 핑계로
마음마저 척박해져 계절을 잊어버려
꽃이 피고 지고 낙엽 지는 소리
첫눈의 기쁨도 모르고 그냥 지나쳤겠지

마음의 텃밭에
세상의 아름다움과 사랑과 기쁨을
고이고이 접어
글로 간직해 가꿔 보자

텃밭에서 자란 상추 쑥갓이
입맛을 돋우어 힘을 주듯
은은한 꽃향기 퍼지어 따뜻한
마음의 이야기 메아리처럼 울리게

봄맞이
– 신중년의 노래6

봄은 알고 있습니다
남쪽 따뜻한 바람 불어오면 사람들은
마음 들떠 집안에 앉아 있을 수 없다는 것을

푸른 하늘에 미세먼지 하나 없고
봄 햇살 잘 쬘 수 있는 날
홀로여도 좋지만 사랑하는 사람과 함께
덧없이 떠나면 세상을 얻은 듯한
뿌듯함에 기분이 날아갑니다

들에 산에 파릇파릇한 냉이 달래 미나리
다래 두릅 엄나무 순 초록빛 봄 희망이 보이고
매화 개나리 산수유 벚꽃 진달래 목련이
담장 넘어 활짝 피어 아름다운 세상에
환한 웃음꽃도 함께 피어납니다

봄의 향연에 얼었던 대지는
아지랑이 아른아른 피어 올리고
종달새는 지지배배 노래 불러주니
농부는 춤추듯 바쁜 일손 쉴 틈 없지
풍성한 파란 들판에 발걸음이 가볍습니다

봄은 텅 빈 메마른 대지에
초록빛 희망을 한아름 안겨주면
꽃다운 나이에 꿈을 이룬 듯이
나는
오늘도 신나게
산으로 들로 달려갑니다

건강하게 산다는 것
– 신중년의 노래7

배나무를 관리하다 보니
좋은 과일을 맺어야 건강한 나무가 아니냐는
생각이 문득 들었습니다

좋은 과일을 얻기 위해서는
그 나무가 귀찮고 힘들 정도로 과감히
나뭇가지를 다듬고 잘라 버려야 합니다
꽃 진 자리에 다닥다닥한 열매를
드문드문 솎고 흠집 생길까 포장하고
과육이 크게 익도록 백일 이상 견디어야 합니다

사람도 나무처럼 건강하려면
귀찮을 정도로 몸을 써 땀이 솟도록 하고
그 땀을 통해 얻는 희열은 느껴야 합니다

땀이 눈에 스미고 양 볼로 흐르고 덮치더라도
그 땀이 건강하게 살아있음을 증명하는 것입니다
만일 이런 땀방울을 흘려내지 않는다면
당장은 편하더라도 나중에는
답답하고 힘들어 움직일 수 없습니다

내 몸이 귀찮고 힘들더라도
건강한 땀을 흘리며 산다는 것은
살아 있음을 증명하는 것입니다

배나무를 관리하다 보니
땀을 흘려야 건강한 사람이 아니냐는
생각이 문득 들었습니다

놀이터 텃밭
– 신중년의 노래8

능선에 있는 배 농장 한 귀퉁이
초등학교 친구들과 함께 하는 놀이터 텃밭
옥수수 오이 토마토 상추 쑥갓 고추 감자 심고
오리알 달걀 새알만한 하지 감자가 하늘 보는 날
두렁에 둘러앉아 한마디씩 이어서
들깨 콩 배추 어느 것 심어야 좋을까
말만 무성했지 결정 못하고 며칠 지난 후 가보니
친구들 말잔치 알아듣기라도 하였는지
까마중 명아주 쇠비름 바랭이 잡풀들 고랑에 가득하여
말잔치로 시작해 풀 잔치로 끝나는 것 아닌지
풀은 뽑고 돌아서면 또
빼꼼히 내밀어 풀싹들과
전쟁하듯 정복하고 승리하여야만
콧노래 흥얼대는 놀이터 텃밭이 만들어 진다

젊은 시절 일만 하고 살아온 버릇을 어쩌지 못한 우리들
은퇴 후 소일거리 찾던 중
작당하여 일군 텃밭 하나에
아름다운 여생을 가꾸고 있다

고추
– 신중년의 노래9

텃밭에 심은 고추
남 부끄런 풋열매들

설익은 풋사랑도
빨갛게 익어 가듯

어설픈
농사 흉내도
노을에 물들어가네

숲속 편지
– 신중년의 노래10

숨이 탁 막힐 것 같은 날씨
정신 혼미해지며 윙윙
냉방기 실외기 소리 들으며
오늘도 거리를 걷고 있다

창문 열어 놓으면 맞바람에
실내가 시원해질 것 같은데
창문조차 열 수 없는 도시 공간
건물 안 생활은 한계에 부딪힌다

이런 여름날 우리 떠나자
새 소리 들리고
햇살 산산이 부서져 내리는
바람 사이사이 넘나드는
숲속 길을 걸어 숲속 쉼터로 가자

그 쉼터에서 편지를 써 보자
푸른 나무 숲속에 이름 모를 꽃들
졸졸 흐르는 물 바라보며
마음 편안하고 행복하다고
편지를 써 하늘 높게 띄우자

그 숲에는 가슴 확 터지는 바람길
넓은 바다로 흐르는 작은 계곡 물길
몸도 마음도 단단해지는 둘레길
여러 길이 있다고 우리 알려 주자
숲속 편지로

황혼을 위하여
– 신중년의 노래11

뜨거운 땀이 흐르도록
청춘을 보내지 않는다면
노년에는 병 때문에 쓸쓸한
슬픔의 눈물과 땀을
오랫동안 흘릴지 모르니
오늘도
내일도 걷고 걷자

봄에는 연두색 세상에 꽃을 찾아
여름에는 푸른 숲속의 새소리 들으며
가을에는 단풍 떨어진 낙엽 위를
겨울에는 눈 덮인 해변 길 따라
오늘도 내일도 걷고
또 걷자

가을아, 가지 마오
- 신중년의 노래12

이보다 좋을 수 있을까
햇살이 어머니 품처럼
포근하게 펼쳐있는 하늘 아래
곡식들 경쟁하듯 알알이 익어가고
고단함을 풀어 주는 고운 단풍들 따라
보람된 하루를 보내는 웃음이 있고
국화꽃 향기에 흠뻑 빠진
당신과 나
행복을 나누는
여행 떠나니
이보다 좋을 수 있을까

걸어라
– 신중년의 노래13

오늘도 걷고
내일도 걸어라
영원히 눕거나
앉지 않으려면 걸어라

걷는 일은 박수 받는 일
걸음마 배우는 아이가 삼천 번은 쓰러져가며
첫걸음을 떼는 순간
영원히 누울 날을 앞둔 노인이
두 발로 걸어 다닐 때
아낌없이 박수 받는 일

오늘도 내일도
걸을 만한 일이 있다면
영원히 눕거나
앉지 않으려면
마음의 여유를 갖고 걸어라

나다 나
– 신중년의 노래14

가족 아닌 타인에게는
품위 있게
노래 부르듯 감성을 넣어
속삭이며 말을 하다가도

가족과 함께 있으면
묵상하듯
눈 껌벅이게 된다

묻는 말은
소리치듯 답하고
잘 토라져
마음에 상처를 준다

누가 그랬을까?
나다 나
이렇게 살아 왔다 내가

가족 시 쓰며 알았다
이제
가족의 마음 살피며 살 것이다

거울 앞에 서서
– 신중년의 노래15

세수하고 거울 앞에 서면
뽑고 싶을 만큼 많았던 머리숱이 하얗게 변하고
무더기로 빠져 중앙은 민둥산이라

눈과 입가 주위에 새겨진 세월 흔적
매일 매만지고 펴보지만
없어지지 않는 주름은 점점 늘어가네

이 모습 보던 딸의 한마디
“아빠 얼굴에
할아버지 할머니 모습 보여요.”

먼 나라 가셨기에
영영 돌아올 수 없어 얼굴 뵙지 못한다며
슬픔의 눈물 많이 흘렸는데
세월이 그렇게 나를 만들었나 보다

2부
내가 사랑하는 사람

둥지

뜻이 있으면 길이 있고
뜻 이루려면 목청껏 소리쳐야 한다
둥지는
목청을 키워주는 곳이다

어머니 둥지

딱따구리 꾀꼬리 까치
어느 새 다 자랐다고
호로록 호로록
신나게 둥지를 떠난다

그런데 난
어머니 둥지가
왜 이리 그립고 그립지

소원

잘 살게 해 주세요
뾰족한 말 하지 않으며

보름달에
소원을 써 놓고 쳐다봐요

이제 달님께
소원 성취하였다고 알립니다

뾰족한 말하지 않고
잘 살고 있어요

내가 사랑하는 사람

내가 사랑하는 사람은
묻지도 따지지도 않고 넘어 갑니다
힘들고 두려워도 견디며 이겨 냅니다
어떤 투정이라도 다 받아 줍니다
외출하고 돌아와 없으면 어린아이처럼
이곳저곳 두리번거리며 찾게 됩니다
나의 어려움을 엷은 미소로 응원하여 줍니다
그래서 평생 두 손 꼭 잡고 살아 왔습니다
내가 사랑하는 사람은 항상 곁에 두고 싶은
바로 당신
사랑합니다

꽃치자 향기

진노란 드레스 곱게 입고
다소곳이 보란 듯이
잘 살겠다며
우리 집에 왔지

그때 고맙다 인사커녕
따뜻하게 잘 해주지 못해
마음 상처 깊어
슬플 만도 한데
미안하다 한 마디 못한 나에게
깊은 향기 주니 눈물 나네

아내는 시 선생

조기 예쁜 꽃이 피어 있다고
함께 걷던 아내에게 말했더니

작은 것은 다 예쁘지요
어디 꽃뿐인가요
아가도 강아지 고양이도
참 예쁘잖아요

작은 꽃은 홀로 있어도
아름답지만 거의 다
여럿이 한곳에 있으니
더 예쁘고 보기 좋을 수밖에요

책 읽기 좋아하지만
시는 어렵다며 엄살떠는
아내가
마구마구 시를 뿌려놓는다

어쩔거나 고운 씨앗
허투루 새지 않게
열심히 주워 담을 수밖에

첫눈

빨간 산수유는
하얀 면사포 쓴
잊을 수 없는 그대와 같다

산과 들
앙상한 나뭇가지에
하얀 축복의 꽃이 피었다

코스모스

홀로 피어 있어도
행복하고 아름다운 꽃입니다
가을 타는 여인이 사랑의 눈길 보내주고
한 아름 품어 줄 가을 남자 있기에

창호지 속에 꽃잎 넣었듯이
파란 하늘에 새겨 넣은 코스모스가
나란히 줄지어 길가에 미소 짓고
가을 남자 가슴 속에 여인 하나 새깁니다

낙엽

따가운 햇살 바늘로
빨갛게 노랗게
한 땀 한 땀 시침 뜨듯
녹음 짙은 나뭇잎에 수놓은 정성
갈색 낙엽 되어
사랑했다고 속삭인다
함께 했던 그대에게

겨울비

겨울비는 적막하고 쓸쓸하다
곱게 내린다 하여도
반가이 맞아줄 사람 적어
겨울은 겨울답게 함박눈이 내려야
혼자 사랑한 연인 만날까
외투자락 여미고 거리를 거닐기나 하지

내게는 늦가을비
남들은 겨울비라 하지만
지금 이 비는
내게는 늦가을비
나는 우산 속에서 도란도란 옛 추억을
오롯이 빗소리로 달래가며
세상에 촉촉이 젖어 젖어
내 마음은 온통 당신으로 가득 차있네

비는 온전히 맞는 비가
아름다운 비 아닌가
나의 마음에 허전한 겨울비 내려
창문에 흐르는 빗물 바라보며
차갑게 던져 준 한 마디
진정 나는 당신만을 사랑한다오

가장 아름다운 길

세상에서 가장 아름다운 길은
당신과 손잡고 속삭이며 걷는 길입니다

병고 이겨낸 마음 달래려
유네스코에 등재한
세종대왕 길을 걸었습니다
길가에 풀꽃 피어있고
바람과 나뭇잎이 스치는 소리 들리는
길 걸으며 피곤에 지친 몸에 휴식을 주고
외롭고 쓸쓸한 마음을 달래어 줍니다

내 몸과 마음 섬세하게 보듬어 주는 것은
나는 나 혼자가 아니라
가족의 중심이기 때문입니다
그 중심을 채워주는 당신입니다

세상에서 가장 아름다운 길은
당신과 손잡고 속삭이며 걷는 길입니다

아지랑이

편안하고
배려심 넓은
삶을 살아가겠다
당신에게
말하였는데

그렇게 사랑하며 살아왔는지
봄날의 아지랑이처럼
나의 기억이 가물가물 피어나네

찬바람에 흔들리는 씨앗

농막 처마 밑에
봄날의 씨앗으로 매달린
통 옥수수 두 개 겨울바람에 흔들린다

봄날에 심을 옥수수 씨앗
더운 여름날 털 넣은 파란 옷 입고 있다가
맨 살로 찬 겨울바람을 견디어 이겨 낸다

기다리던 봄에 희망처럼
깡마른 옥수수 두서너 알 심어 놓으면
입술 뜨겁게 불어가며 하모니카 연주하듯이 먹는다

처마 밑에서 모진 시간 지내며
바람에게 빼앗긴 깡마른 옥수수 생명의 힘은
한겨울 찬바람에 흔들리는 희망이 있기에 가능하다

3부
햇살처럼 따뜻한 사람

꽃샘추위

숨어 있는 본심 드러내는
질투가 아름답다

그래도
봄은 오고

꽃 피고
잎이 돋는다

우리집 마당 풍경

고향 집 마당에는
엄마와 아버지가 늘 계신다
벼 말리는 멍석이 한가득했고
어둠이 내려오면 즐비한 벼 가마니가
손길을 기다리고 서 있던 가을 밤

옛 사진이나 이야기 속에 숨어 버린
벼 베기 타작으로 하루해가 모자라
동동거리며 바쁘게 살아오신
고달픈 삶이 눈에 아른거린다

고무래로 벼가 잘 마르게 펼치고
풍구 돌리며 쭉정이 날려 보내던
고향 집 마당엔 그리움이 서려 있고
벼 가마니 대신 자동차가 서 있다

햇살처럼 따뜻한 사람

문병 때 늘 말씀하셨다
그리운 어머니께서

형제들끼리 자주 만나면 좋은데
그렇지 못하면 전화로라도
정 주며 살갑게 살라고
따뜻한 사람이 되라고
그래야 그리운 사람이 된다며
햇살처럼
따뜻한
형제가 된다며

연꽃

7월의 대표 꽃은 연꽃이다
7월은 폭염에 지쳐 그늘에서
편안히 쉬고 싶은 계절이다

뜨거운 태양을 향해 머리 들어 핀
연꽃을 보면 수건을 머리에 쓰고
땅만 보고 살아온 어머니가 보인다

이천 설성 성호호수연꽃단지에는
어머니들 여럿이
하얀 노란 빨간 수건 두르고
뙤약볕 들판에 고귀하게 서 계시다

모진 삶을 희생하며 살아오신
어머니 불볕 폭염 더위에
아름답게 피어 난
연꽃은
어머니처럼 자랑스럽다

고희 넘은 나이에도

고희 넘은 나이에도 어머니가 보고 싶고
어머니 불러 보고 싶다
꿈속이든 가족모임이든
언제든지 오시길 바라며
나도 부모가 되어 늙어 가고 있다

가마솥에 쌀을 안치고 아궁이 메이도록
나무를 집어넣고 성냥불 켜댄다
불길 구들장 밑 공간으로 들어가지 않아
토하듯 아궁이로 연기를 내뱉으면
부엌에 계신 어머니 매워
연신 눈물을 훔치며 종종걸음 친다

부지깽이로 불이 잘 타도록 조절하면
무쇠솥 눈물 흘리며 끓어 밥이 되면
바로 뜸을 드린다
밥상 차림에 바쁜 손 마음처럼 따라오지 않으니
어머니 가슴은 솥뚜껑만큼 뜨겁다

대가족 삼시세끼 아궁이 불 때며
할아버지 할머니 밥상 자식들 밥상
일꾼 밥상에 놓인 반찬에 눈치 보이고
밥사발의 높이가 달라
이래저래 고민도 많았을 것 같다

눈물 땀 사랑이 넘치도록 헌신하신 어머니
고희 넘은 나이에도 어머니가 보고 싶고
어머니를 불러 보고 싶다
꿈속이든 가족모임이든
언제든지 오시길 바라며
나도 부모가 되어 늙어 가고 있다

우리 어머니

매년 봄이면 우리 어머니가 그리워 보고 싶다
평생 농사일에 치어서 여행 한번 제대로 못 하신
흙의 여인 우리 어머니

우리 집은 남자 일곱에 여자는 어머니 한 분이다
부엌에서 시작한 하루
들로 밭으로 빨래터로 달리기하듯 다니셨다
아버지는 하얀 와이셔츠에 양복 입고 외출하는 분
그래서 가끔은 숯불다리미로 옷 다림질도 하셨다
그뿐 아니라 동네 이장인 아버지 덕분에 면 직원들
점심식사도 많이 챙겨주셨다
어머니는 농한기 겨울이면 우리 자식들 구멍 난 양말을
꿰매며 마음속은 온통 내년 농사 걱정뿐이셨다

입춘 지나 정월대보름 오곡밥에 나물 반찬 먹고 나면
낮에는 여섯 아들 학비 마련을 위한 농사일로
밤에는 반찬을 만들고 집안 청소하며 살림을 하셨다

매년 봄이면 우리 어머니가 그리워 보고 싶다
평생 농사일에 치어서 여행 한번 제대로 못 하신
흙의 여인 우리 어머니

어머니 밥상

어머니 당신께서는 오도 가도
못 할 먼 곳에 계십니다

이 곳은 밤꽃 피고 녹음 짙은 초여름
즐겨 드시던 복숭아도 잘 크고 있고
작년 가을에 심은 마늘과
올봄 심은 감자도 캐게 되었고
고추와 모내기 끝내고 있습니다

이맘때면 어머니 당신께서 장에 다녀오시면
세상에 가장 좋은 상을 내려 주셨습니다

장날 마련한 고기와 생선에
여러 푸성귀 나물과 채소를 곁들여
싱싱하고 맛있는 정성이 듬뿍 담긴 밥상에
온 가족이 둘러 앉아 먹었던
어머니 밥상이 기억 납니다

그리운 어머니가 떠오르고
싱싱하고 정성이 깃든
맛난 어머니 밥상이 생각나면
이천재래시장 어머니 밥상 식당에서
묵은 그리움을 달래고 있습니다

어머니의 미소

해가 산을 넘어서 하늘 붉게 그리면
마음 조급해져 내달리고 싶지만
앞차들 천천히 가라며
빨간 불빛이 신호를 보내 주었지

노란 링겔 맑은 물줄기 얼기설기 흐르고
가쁜 호흡기는 하얀 물방울로 솟아올랐지
가습기 안개로 희미한 적막 싸인 병실이었지

멀리 떨어져 있어 알아듣지 못할까 봐
목청껏 불러 보지만 늘 답이 없다가
어느 날은 "오느냐 고생했다"며
작은 미소로 침묵을 깨트리면
해바라기처럼 웃었다고 가족 카톡방에 올렸다네

그때는 힘들고 고단한 하루였지만
퇴근시간만 되기를 기다렸다가 찾았던
어머니 미소에 나는 웃음 지었다네
그때 그 시절이 마냥 그립기만 하네

챙기지 못한 생일

생일을 26년간 챙길 수 없었다
생일이 모내기와 고추 심는 시기라
"어 생일이 지나 갔네"라는
엄마의 말이 전부였었다

사위의 첫 생일은 장모가 차려야 한다며
장모님이 챙겨주신 생일이 27번째였다
와우 생애 첫 생일상을 받으니
함박 같은 웃음이 가득 했었다

웬 생일이야 모심기도 바쁜데
엄마는 당황스런 표정이었다
하루 시작은 이른 새벽이고
끝은 손길 보이지 않는 깜깜한 밤이라
생일은 알고 있겠지만
챙겨 주지 못한 어머니 마음은 어땠을까

내가 부모 되어 자식을 키워 보니 알겠더라
산고의 진통이 가시기도 전에
힘든 몸 이끌고 농사일 하셨을 것이다
이제는 생일만 되면
고맙습니다 사랑합니다
하늘나라에 계신 어머니께 인사올린다

우리 아버지

평생을 여섯 아들 꿈 가득 그려
머리에 이고 살다 가신 분입니다

바쁜 농사철 흙먼지 뒤집어 쓰면서도 틈틈이
하얀 와이셔츠에 넥타이 양복에 구두 신고
아픈 다리 이끌고 삼십리길 떨어진
이천읍내 버스로 오가며
배운 분들 만나 삶의 지혜 듣고
자식 농사만을 머리에 이고 사신 분입니다

서산에 해 떨어진 지 오래 어둠이 깔려도
따뜻한 아랫목 주발에 밥이 식어질 무렵에야
체질상 술 한 잔 못 하시면서도
고단한 몸으로 자식 농사법 이고 오신 분입니다

아버지 농사 그렇게 지으려면 저에게 맡겨주세요
약관의 나이에 할아버지께 살림을 이어받고
불혹에 허리가 아파 저린 다리로 걷기를 꺼려 하시며
자전거를 타고 다니시더니 끝내 참다 못해
끊어지듯 아픈 허리 수술로 삶의 흔적을 새긴 분입니다

병상에서 환갑 맞으신 아버지께서 여섯 아들 모아 놓고
내가 그린 꿈을 이루면 형제간 도움으로
누구든 세상 살아가는데 부족함이 없을 거라며
머리에 이고 계신 자식 농사 계획을 풀어놓으신 분입니
다

여섯 아들 법관으로 행정가로 의사로 은행가로 교수로
잘 키우고 싶어 밤낮 없이 허리 굽혀
무거운 짐을 메고서도 즐겁게 살다가신 분입니다

평생을 여섯 아들 꿈 가득 그려
머리에 이고 살다 가신 분입니다

원망

아버지
읍내로 이사 가려 했지만
잘못하면
우리 육형제 공부시키지 못할까 봐
촌에서 농사짓고 살았다고
말씀하셨다

나도 자식 키워 보니
읍내로 이사하지 않은
아버지 탓하였던
내가 더 원망스럽다

알밤

밤꽃 향기 짙은 유월
이곳저곳 허연 그리움으로
쌓인 꽃을 바라보면
즐겁기도 하고
추석의 아름다운 시절이 떠오릅니다

밤꽃 향기에 벌들 어쩔 줄 몰라
난리치는 꿀 따기 좋은 여름 날
사람들은 꿀 중에 으뜸이라며
때를 놓치면 안 된다고
벌들과 함께 땀을 흘립니다

돌보아 준 이 아무도 없는데
풋밤송이에 한여름이 새겨져
붉게 익은 알밤이
저절로 굴러오는 것은
꿈만 같은 일입니다

밤나무는 성묘 길가에 줄줄이
조상님 앞에 우애 다지면서
즐겁게 알밤 줍던 형님들
이제 함께 할 수 없기에
가장 좋은 알밤을
당신들의 영전에 올려 드립니다

아버지 제삿날

아침저녁 서늘한 바람에 옷깃을 여미고
한낮은 따사로운 햇빛이어라
아직은 보내고 싶지 않은 늦가을
풍년의 기쁨 누리며 행복해 하시며
좋아 즐겨 잡수시던 음식이 돋보입니다

따끈한 햅쌀밥에 새우젓 조개젓 고등어
틀니라 물렁한 연시감
술 못 드셔 달달한 과자 사탕
이번 아버지 모시는 날 상차림 하여
온 식구가 정을 나누고 싶습니다

아버지 꼭 엄마도 함께 모셔 오셔서
새 식구의 큰절 받고 증손의 재롱에
박수 치고 웃으며 즐기시기 바라며
부모님 뵙고 싶어 일찍 간
큰아들 셋째아들도 같이 오시기 바랍니다

그날 뵙고 싶은 분이나
잊어 전하지 못하신 말씀 있다면
오시기 전날 꿈속에서 귀띔해주시어
모두 모셔 함께 술 한잔 올리도록 하고
아버지 말씀대로 살아가도록 전하겠습니다

4부
우리 사랑 이대로

봄꽃

집에 콕 박혀 있기 답답해
시끌벅적한 세상도 둘러보지만
안전하고 건강에 좋다는 맛집
두 딸과 사위가 함께 검색하네

사위의 다름은 이해할 수 있지만
지금은 달라도 너무 다른 두 딸
선호하는 음식도 다르지만

한 가족 배려하는 마음으로
활짝 핀 봄꽃처럼
하나가 되어 웃음꽃 피네

쌍둥이와 인연

작은 딸래미가 엄마로 살아가기를 작정하고
나이 잊고 애쓴 보람에 아들딸을 한꺼번에 얻었다

쌍둥이와 인연은 40년을 거슬러 결혼을 앞두고 벌어진
일이다
자전거를 타고 양동역 앞에 있는 약국으로 약을 사러갔
다
처할아버지가 집에 계신 것을 보고 갔는데
할아버지가 앞에 또 계시기에 어떻게 오셨나며
인사를 드렸으나 웬 실없는 놈이냐는 표정이었다
무안하여 처가로 와
할아버지와 똑같은 분이 있어 깜짝 놀랐다고 하니
박장대소하며 미리 말 못하였는데
할아버지가 쌍둥이고 건넛마을에
큰할아버지가 살고 계신다는 것이다

작은 딸래미가 아들 딸 쌍둥이를 마흔 살에 낳았다
처갓집 쌍둥이 할아버지 사건이 40년 전이고
마흔 살에 딸내미가 쌍둥이 엄마가 되었으니
신기하게 쌍둥이 대를 잇는 숫자가 40이다

올 설은 눈웃음 눈 깜빡임으로 세배하겠지만
내년 설은 넘어질 듯 세배 하며 재롱 떨겠지
결혼 여덟 해만에 쌍둥이 외손자 아들 딸 얻으니
사랑과 행복 기쁨에 마음이 함께 설렌다

짝사랑

쌍둥이 손주들
유치원을 다녀
주말이나 볼 수 있다

만나 부둥켜안고
씽긋 웃으면
무더위 싹 잊어버린다

맛난 음식 준비해
몽땅 다 먹이고
신나게 함께 뛰며 놀아 준다

해 넘어가면
자고 가라고 해도
엄마 따라 간다며
쌩하고 돌아선다

봄 밥상

30개월 된 쌍둥이 손주가
코로나19에 전염되었다는 소식
염려와 걱정이 현실로 되었다

시절을 탓해보지만 효과 없는 일
딸과 사위도 전염되어 힘들다 하네
달려가 돌봐 줄 수 없어 마음만 바쁘다

하루 이틀 지나니 표정 목소리 좋아져
마음 편안해진 날 엄나무 두릅순 민들레 머위
봄 밥상 받으니 지난 고통 보상 받은 것 같다

크레파스

금요일이면
쌍둥이 손주가 집에 온다
만남의 기쁨을 몸으로 만끽하다
싫증 나면 크레파스와 종이를 찾는다

파마한 할머니 얼굴 할아버지
자기 손도 나무도
엄마 아빠
사랑해 하트를 그리고

할머니는
그림을 벽에 붙여
잊어버리지 않도록
표구를 해놓는다

어른이 되어도
크레파스의 순수한 사랑
키워갈 수 있기를
바라는 마음으로

우리 사랑 이대로

하나라도 꿈뻑인데 쌍둥이 손주
놀이터 걸어가다 멈추어
다리 아프다고 어리광으로
안아 달라 업어 달라 한다

손주는 품에 안겼다 떨어지는데
손녀는 동화와 동요를 부르며
재롱이 잔치를 펼치면 우리는
세 살배기 동심에 빠져 든다

이런 어린 손주가 가장 예쁠 나이
나이 들어가며 변해가는 사랑
할머니 할아버지 사랑은
우리 사랑 이대로가 좋다

소중한 선물

다섯 살 쌍둥이 손녀
집안이 답답하다며
놀이터로 손을 이끄네
미끄럼틀 그네 시소 타고 나면
지천으로 널려 있는 야생화 꽃밭으로
잡아끌어 또 발길을 옮긴다

"바라만 보지 말고 빨리 따아."
이 꽃은 할머니
저 꽃은 할아버지
엄마 아빠도 준다고

바람이 흔들어 대는
망초꽃 가느다란 허리를 잡고
우리 보고 방긋 웃는 금계국도
한 움큼 챙기네
야생화 꽃다발 들고
맴맴 돌아치는 강아지처럼

꽃을 바라보며 즐겼으면 좋으련만
꽃 선물에 행복을 누리며 놀고 있네

쌍둥이 손녀의 어린 정성
행복의 선물이기도 하지만
우리에게는
너희가 자체만으로도
세상에서
가장 아름답고
소중한 선물이란다

내가 살고 있는 곳

아름답고 깊은 산속이었던 곳이
세월에 순응하여 아파트 단지로 바뀌어
산새들 살던 곳에 주민들이 모여 살고 있습니다

하얀 돌과 기와가 어울려 담장이 아름답기도 한데
그 돌담이 5월의 빨간 장미를 한 아름 품고
지나가는 분들께 사랑과 열정을 나누어 주고

산수유 소나무 전나무 이팝나무가 곳곳
아침마다 새들 합창 소리에
아파트 주민들 하루가 즐겁고 행복합니다

아파트 개발하다 발굴된 유적지가 안흥사지 절터라
유적지 보존법에 따라 공터가 되고
잔디에 절 주춧돌 심고 그 앞은 꽃밭이 되었습니다

푸른 잔디 공터를 통해 따라온 햇살은
여름에는 오는 듯 마는 듯 슬쩍 가고
겨울에는 거실과 방 가득 오래토록 머무는
내가 사는 곳은 갈산 현진에버빌 307동입니다

옛 안흥사지 절터 보이는 베란다에서 명상하며
고승의 불공 소리와 불자들의
예불 드리는 모습을 상상합니다

아름답고 깊은 산속이었던 곳이
세월에 순응하여 아파트 단지로 바뀌어
산새들의 숨결 따라 주민이 모여 살고 있습니다

꽃밭

건너편 아파트 꽃밭에는 엄마로 아내로
향기를 피어 올렸던 분들이
꽃 피고 지고 꽃대 뽑아 버릴 때까지
이른 아침마다 찾아 든다

이곳저곳에서 모여든 연륜들이
한 곳에 모이면 황량한 땅 꽃밭 이루고
꽃모종 돌보시며 숙덕숙덕
고향 동네 꽃 얘기 피어 올린다

꽃이 자신의 향기와 빛깔 발하여
세상 향기롭고 아름답게 꾸미듯이
꽃밭에 모인 할머니들도 한 가정의
엄마로 아내로 향기 피어 올리고 있다

이곳저곳에서 모여든 꽃모종같이
할머니들 고향은 서로 달라도
꽃처럼 더 잘 어울려
아름다운 삶을 살아가고 있다

잊히지 않는 말씀

어느덧 반세기 전의 이야기
설봉산 호랑이 별호를 가진 한환 선생님
“자네들이 어른이 되면
모든 사람이 자가용을 타고
물도 돈 내고 먹는 세상이 될 것이다.”
특별담화 때 하신 말씀은
세월이 흘러도 잊혀지지 않는다

그런 세상 이미 왔는데
어떤 것은 좋기만 한데
어떤 것은 나쁘기만 하더라

꿈 같은 이야기라며
스쳐 들었던 이야기인데
이렇게 현실이 되었다

잔설

잔설은 이른 봄에만 볼 수 있는 것이 아니라
희끗희끗하게 올라오는 중년의 머리카락도 잔설 같다

내 머리카락도 염색하여 까맣지만
한 달 지나면 하얗게 솟은 머리카락이 잔설 같다

나이 지긋한 노인의 흰머리
점점 늘어나 중절모자 아래 흰머리 잔설 같다

따뜻한 봄이면 잔설은 조용히 땅속에 스며
새롭게 변화하며 새 생명으로 움튼다

내 머리카락 시나브로 연륜에 스며
차가운 겨울도 품어안는 따뜻한 햇살처럼

마음 속에 숨어 있는 꽃

푸르고 푸른 녹음의 어린 시절에는
잠자고 눈 비비고 일어나면
집 안보다 밖에서 주로 하루를 보냈다

소가 밭 갈고 논에서 써레질하는 풍광 보며
산속 나무 위 새집에 새알 관찰하고
긴 개미 행렬에 장마 온다며 걱정했지
물고기 잡으며 물놀이 겸 목욕도 하였지

어린 시절 놀이터는 자연이기에
항상 새로워 싫증도 없고 지루하지 않아서
푸른 내 마음에 숨어 있는 꽃이다

복숭아

여름은 탐스러운 복숭아의 계절
딱 한철 단기 과일이라
저장도 어려워 정신줄 놓으면
내년까지 기다려야 한다

아버지 쟁기질하기 힘들고
버릴 수 없는 땅에
복숭아 나무를 심었다
언덕배기 복사꽃 필 때면
시간 가는 줄 모르고 폭 빠져드니
허기진 배를 달래주는 해가 저문다

잎 사이로 달려있는 복숭아 봉지를
이른 아침 살짝 들치면 수밀도 방긋방긋
입 가득한 침 삼키며 벙글벙글
어쩌다 상처 내면 안타까움에 멍해진다

벌레가 선별해준 복숭아는
향기가 짙고 단맛이 살아있고
해독작용이 좋다며
아버지께서 그걸 모아서 면면히 다듬어
손주와 이웃 사람에게 나누어 주면
신나게 잘 먹어야 한다
저장도 어려워 정신줄 놓으면
내년까지 기다려야 한다

두 마을

두 마을이 있다
할 수 있어 말하는
긍정의 마을과
그런 일은 불가능해
말하는 부정의 마을이
바다 속 깊이는 알 수 있지만
좀처럼 알 수 없는 사람 마음 골짜기에

온 종일 매 순간 순간마다
긍정의 마을과 부정의 마을 사람들이
자신의 마음 영역을 넓히려 다툼을 벌인다
순간의 선택에 따라
긍정과 부정의 마음이 서로 나누어지고
두 마을에는 마음을 알리는 입이 있으니
오늘은 두 마을 중 어떤 마을 사람으로 살까

결혼 알리는 글

내가 결혼할 때
알리는 글
검정색 볼펜으로
정성껏 꾹꾹 눌러 썼다

요즈음 결혼할 때
알리는 청첩장
깔끔하고 다양한 모양에
문자 메시지로 확인까지 한다

쉽게 쉽게 쓰고 나니
쉽게 헤어지는 것 아닌가
글이 씨가 되는 것 아닌가

5부
좋은 친구들 곁에 두니

황혼

나는 사과를 선물로 받았고
지인이 재배한 토마토를 보내 받았는데
아내는 톡 터질 것 같은 연시를 사왔다
붉게 익은 노을에 맛과 향이 그윽하다

나도 황혼의 삶이
사람다움에 물들어
붉게 익은 과일처럼
그 맛과 향이 이어졌으면

실수

마음은 그러고 싶지 않은데
나도 모르게 먹고 나면 먹은 자리에
음식이나 과자부스러기가 떨어져
자꾸 지저분한 흔적이 남아 있다
깨끗하게 차려 입은 옷에
밥알 붙어 있는지 모르고 있다 지적받고
빨간 반찬 국물 흘려 그린 그림에 당황하며
아직 그럴 나이가 아니라고
어쩌다 실수로 그런 것이라 부정도 하지만
점점 감각과 행동이 둔해져 그렇지 않을까
마음은 그러고 싶지 않은데

농부로 살기

오월의 참맛은
햇살 내리기 전 새벽일이다

배 봉지 씌우다 문득
생각이 난다
사다리 오르다 넘어져
갈비뼈 금이 간 친구가

초록 잎에 숨은 배를 솎아내고
약도 주고 정도 주고
솔솔 바람 통하게
풀 베고 거름 주며

농사의 농자도 모르던 노인이
젊은 시절 생각하고
마음만 앞서 급하게 서두르니
몸 다쳐서 고생하네

이제는 조금씩 천천히
일하는 농부로 살아야 한다
하늘 보고 땅 보고
기다리는 마음으로

고향 친구

엄마가 정성껏 끓여주신 된장국
장작불로 밤새 우려낸 설렁탕
구수하고 진하다

철없던 학창시절의 숨겨진 원석들
풀꽃처럼 모이면 빛나는 고향 친구
구수한 된장국 진한 설렁탕 같다

들깨

엇배기 농사꾼이 하지 감자 거둔 밭에
들깨 심었다고 자랑하더니
들깨 한 말 선물로 주기에
깨소금 터지는 가을을 맞이하네

향긋한 들깻잎 향기는
친구의 무더위로 찌든 땀
깻잎 하나하나에 정성을 담아
정제하여 다시 내보내는 향기라

갈바람 햇살 타고 날아갈 향기를
한여름 땡볕에 볶고 볶아
몽글몽글 가지마다 모아 놓은 것이라

음식을 먹기 전에 고소하지 않다면
그러면 그렇지 빼 먹었어 퍼뜩 가져와
국에 퍽퍽 퍼붓고
입에서 코로도 행복을 맞이하지

깻잎 향기는 여름의 으뜸이고
예전에는 빈대떡 붙이려면
고소한 들기름이 최고라
나도 친구도
사람 냄새 풍기며
들깨처럼 살아보려네

이런 아들

장하도다 장하도다
아버지와 아들이 친구같이
서로 어깨를 기대고 희망을 주고받으며
살아간다는 친구의 가정 모습이

힘이 들고 아프다고 말하면
편하게 쉬고 병원 다녀오라며
포근하게 마음 안아 준다는 아들

가끔 술 한잔 하자며
술과 안주를 가지고 와
마주 앉아 속마음 나누어 준다는 아들

힘든 농사일로 번 돈 마음껏 쓰라며
엄마에게 매월 용돈도 주고
아버지에게 통장을 넘겨준다는 아들

매달 리조트 예약을 해놓고
여행 다녀오라며 등 떠밀어
삶에 즐거움과 행복을 준다는 아들

장하도다 장하도다
아버지와 아들이 친구같이
서로 어깨를 기대고 희망을 주고받으며
살아간다는 친구의 가정 모습이

웃음꽃

여름 무더위 잊고 보양식 먹기 위한
고향 친구들 모임 때면 철부지 이야기로
웃음꽃이 시들지 않는다

발가벗고 멱 감기에 지친 몸
연못 둑에 쭈그려 앉아 따가운 햇살로
얼굴과 몸은 까맣게 태워지고

까맣게 탄 얼굴에 더욱 빛나는 눈망울로
반짝이는 은하수 보려고 멍석에 누우니
깜깜한 여름밤 영롱한 빛의 향연이네

모깃불 쑥연기 용케 피하여
옷 뚫고 들어와 먹고 살겠다는 모기를
탁탁 내리쳐도 귓가에는 앵앵

어머니가 끓여주신 저녁 칼국수 먹겠다며
젓가락 들고 눈은 깜박깜박 머리는 끄덕끄덕
먹고 바로 잠자면 돼지 된다는 아버지 호통에도
스르르 꿈나라 가네

여름날 철부지 추억은 점점 생생해지는데
하늘에 가 계셔 어머니 손맛도 아버지 사랑도
받을 수 없어 그립기도 하지만

여름 무더위를 잊고 보양식을 먹기 위해
고향 친구들 모임 때면 철부지 이야기로
웃음꽃은 시들지 않는다

참 스승

푸른 초목 태워 버릴 듯하던
불볕더위가 잦아들고
갈바람 불기 시작하는
9월은 추억 속에
방울방울
떠오르는 당신이 있습니다

마곡산 줄기에 위치한 모가중학교
갓 대학을 졸업한 수학과목
황복묵 선생님
3학년 담임을 맡으셨습니다

57명 남녀 학생 눈코 뜰 새 없이
바쁘고 힘겨운 학부모
어느 것 하나
갈꽃처럼 향기롭지 않고
수업 끝난 교정은 적막강산입니다

가을 수학여행 신청자를 받아보지만
참가 인원이 점점 줄어 취소가 되고
어떻게든 산업박람회라도 다녀오도록
논밭으로 뛰어 다니며
학부모 설득하느라 고생하신
당신은 진정 참 스승입니다

갈바람 불기 시작하는
9월은 추억 속에
방울방울
떠오르는 당신이 있습니다

동창회 날

사십육 년만에 고등학교 3학년 담임선생님을 모셨다
우리 모두 60대 중반이기에 선생님을
모신다기보다는
옛날 함께 했던 형님을 모신 것 같았다

우리는 그래 형님처럼 편안하게 모시려 하였고
어쩌면 선생님도 까까머리 제자라기보다
뱀띠 동갑내기 후배를 오랜만에 만나
옛날 이야기를 하는 것 같았다

주저하지 않는 말대꾸며 스스럼없는 행동으로
자기를 표현하는 제자들 보며
웃음 머금은 선생님 얼굴은 살짝 상기되었다
조회와 종례 시간에 늘 뵙던
얼굴이기에
건강해 보이는 선생님이 반갑고 기분이 좋았다

두리뭉실한 몸매 불룩하게 튀어나온 배
앞머리 벗겨지고 한 가운데 머리카락 빠진 대머리
그나마 남은 하얀 머리카락 염색도 못한 제자들
이런 모습으로 한 사람씩 인사하는
우리를 물끄러미 바라보며
그때 그 시절을 회상하고 계신다

선생님은 건강에 관심이 높아 침술을 배우시어
노인정을 순회하며 침술봉사는 물론
건강강좌 강사로 활동하신다고 하셨다

나의 건강 비결은 만족스런 봉사활동과
웃어가며 소통하는 덕분이라고 하셨다
그리고 평생 동안 해오셨고 앞으로도
꼭해야 할 운동이 있다고 하셨다
바로 숨쉬기 운동
사람다운 사람처럼 숨쉬는 운동
그리고 또 하나 명심하라
맛있고 좋은 먹을거리 아무리 많아도
그중 꼭 먹지 말아야 할 것이 있으니
그것은 바로 귀를 먹는 것
귀만은 먹지 말자는 말씀으로
종례를 마치듯
하하 웃으며 건강 나이 점쳐 본다

멋진 친구

이천 선후배 친목과 지역사회
발전을 위한 향토협의회
53년생부터 67년생 14기수다

깍듯한 선배 대접받는 우린 53년생
띠동갑이 넘는 후배에게
말 한마디 행동 하나가 조심스럽다

직장에 정년이 있듯 고희가 되면
자동 탈회가 되는 우린 후배에게
감사의 뜻 담긴 좋은 글귀 답하기로 하였다
십여 명이 논의했으나 정하지 못하고
시 쓴다는 나에게 부탁한다며 헤어졌다

선후배 이어줄 마음을
한동안 머리에 이고 있다
겨우 내려놓은 짐

"함께 행복하였던
향토협의회 영원히 빛나리!"

시 쓰는 사람이라 다르네
툭 한마디 던지는
당신은
더 멋진 친구다

추석 웃음거리

추석이 다가오면 혼자 헛웃음 나오는 일들이 생각이 난다.

설날 추석 구분하지 못할 초등학교 저학년 때다. 추석빔 차려 입고 한 동네 살고 계신 고모에게 세배하고 세배돈 10환 생각나 고모님 댁 가려는데 설날이 아니라며 알려 주었던 형님들이 일흔이 넘었다.

옥춘사탕 과자 먹고 싶은 욕심에 제사상 물리면서 형 동생보다 잽싸게 옥춘사탕 집어 골방으로 갔다. 집어든 옥춘사탕이 녹아 손아귀에 추석빔 주머니 속이 끈적인 때도 있었고 과자 얻어먹으려 먹는 입만 쳐다보기도 했다. 그때 그 시절에는 설탕이 귀하여 추석 명절 최고 인기 선물이다.

햅쌀로 빚은 송편을 햇솔잎 깔고 찌면 송편과 솔잎이 한 몸이 된다. 이 송편은 솔향기 가득 하고 솔잎이 방부제 역할을 하기에 서늘한 곳에 오랫동안 보관하며 먹을 수 있다. 그 솔향기 송편을 매일 한두 개씩 몰래 훔쳐 먹어 엄마에게 부지깽이로 혼줄나게 맞았던 기억이 있다

지금은 잊지 못할 추억의 웃음거리지만 당시의 10환은 한 달 용돈보다 많았고 제사 명절에 먹어 보는 옥춘사탕은 최고의 군것질이다. 솔잎 송편 또한 배고픈 나에게는 귀한 먹을거리였다.

차 한잔 사 주세요, 그 언니가 나면 안 돼요?

초등학교 친구 부부는 경찰 공무원, 친구는 정년퇴직하고 부인은 현직이다. 경찰 기질이 있을 법도 한데 전혀 그런 감 없이 순박하다. 그동안 경찰이라는 직업상 참석을 못했는데 퇴직 후 동창회 번개모임에 함께 하였다. 단출한 번개모임 덕분에 67년간 친구가 살아온 삶과 인생 2막 이야기를 들었다. 그의 인생은 한편의 드라마다.

초임 때 근무 중 고속도로에서 뺑소니 차량에 치어 병원에 입원을 했다. 진단은 완치 불가능, 의사는 다리를 절단하라며 허벅지와 허리, 팔뚝에 뼈를 맞추기 위한 철심을 20여 곳 이상 박아 놓았다.

병상 28개월, 병원생활이 힘겹고 지겨워 자신의 의지로 극복하겠다며 퇴원을 요청해 병원을 나왔다. 물리치료 받고 2년 이상 걷지 못한 다리를 주무르며 걸음마 시작, 제자리걸음, TV를 볼 때도 항상 제자리 걸음, 매일 반신욕 및 스트레칭, 심지어 신호대기 중 악력기로 팔 근육 운동 등 생활운동을 통해 극복하고 경찰직에 복직했다.

신체검사를 받으면 오른쪽 다리가 4.5센티 짧고, 허리는 S자로 휘었고, 뼈 곳곳에 철심이 보인다.

“생활하며 불편한 곳이 어디인가요? 어디가 아픈가요?”

“네, 신체에 전혀 이상 없고, 생활에 불편이 없어요. 걷기 모습만 그렇게 보일 뿐….”

의사는 머리 갸우뚱,
"사고로 몸이 엉망진창인데 생활에 불편이 없다고요? 불가사의한 분이군요."
친구는 복직하여 교통관련 업무, 여경은 정보관련 업무로 서로 볼 수 없었지만, 부천경찰서 함께 2년간 근무하면서 얼굴을 익혔다.
그 여경이 어느 날,
"이번 일요일 차 한잔 사주세요. 옆집 사는 예쁜 언니 소개해 드릴게요."
당일 약속 시간이 넘어도 옆집 언니는 오지 않았다. 예쁜 언니 왜 안 오는지 다그치자 여경 대답이 걸작이었다.

"그 옆집 예쁜 언니가 나면 안 돼요?"

나이 차이는 9살, 장모님의 반대가 이만저만 힘들지 않았다.
"차 한잔 사 주세요. 그 언니가 나면 안 돼요?"
그 한 마디가 인연 되어 아들, 딸 함께 잘 살고 있는 삶에 모습이 보기 좋았다. 아이들 초등학생 때부터 자연학습체험한다며, 근무가 없는 날, 부부는 항상 함께 전국방방곡곡으로 여행을 다녔고, 지금도 다 큰 아들 딸 함께 여행을 다닌다.

아직도 뺑소니 운전자는 잡지 못 했고 상처는 남아 있지만 주말은 가족과 함께, 평일엔 친구들을 행복하게 해주는 자랑스런 친구다.

좋은 친구들 곁에 두니

점봉산은 유네스코 지정 생물권 보전지역으로 전체가 입산 금지 지역이지만 생태탐방 구간을 지정하여 하루 450명 예약한 사람만 입장하고 오후 2시 전에 하산해야 한다. 거리는 강선계곡부터 곰배령까지 왕복 약 10킬로미터 걸어서 네다섯 시간 소요된다.

점봉산 곰배령길 트레킹 출발은 수요일인데 토요일까지 전국에 비가 내린다는 일기예보다. 노심초사 비 걱정은 그쳤지만 출발 당일 뜻하지 않는 일이 발생했다.

이천에서 함께 떠나기로 한 수원 친구 어디 왔는지 소식이 없다. 전화를 했더니 천하태평인 친구

"굿모닝, 아침 일찍 웬일인가?"

"점봉산 곰배령 트레킹 가는 날인데…."

"목요일, 내일 가는 날이잖아, 오늘은 수요일."

청천벽력이 따로 없다. 낭패다, 낭패!

인원과 시간의 제한으로 출발할 수밖에 없다. 수원 친구는 버스를 타고 원통에서 택시로 오겠다는 연락을 해왔다.

"도둑을 맞으려면 개도 안 짖는다더니…."

단체 카톡 방에 디데이 카운터를 해오다, 마지막 전날 카운터가 없어 일이 벌어졌다며, 홍천휴게소에서 만난 서울 친구들과 한바탕 웃고, 수원 친구 만날 방안을 검색하였다. 홍천에서 만나면 곰배령 입장 마감 시간 11시 전 도착이다. 오던 길 되돌아 홍천 버스정류장에서 꿈 같은 만남 이루어 계획대로 트레킹을 하고 하산하자 비가 많이 내렸다.

언제나 함께 하려는 친구들의 간절함이, 뜻이 간절하면 하늘도 움직인다고, 빛나는 추억을 쌓은 하늘마저 감사한 하루였다.

길치인 친구 덕분에 사랑을 찾았다

처갓집은 양평 양동 눈 감고 운전하며 갈 정도로 익숙해진 길이다.
그런데 나의 마님은 낮이든 밤이든 늘 똑같이 물어 본다.
여주 능서쯤에서 처가 갈 땐
"여주시내야?"
집에 돌아 올 땐
"이천 다 온 거야?"

작은 사위가 이천 시외버스 터미널 옆 병원에 입원했을 때다. 마님 혼자 병문안을 간다며 나갔는데 돌아올 시간이 되었에도 오지 않아 전화를 했다.
"왜 안 오시는가 ?"
"응 . 병원 후문 통해 나왔는데 집에 가는 길을 찾지 못해 헤매다 다시 후문으로 들어가고 있어 ."
정문으로 가야만 길을 찾을 수 있다며 전화를 끊는다.

딸아이 학교와 시장 가깝다며 창전동에 25년간 살다 갈산동으로 이사하고 새 집 찾아오는 기점 분수대로타리를 찾지 못해서 집 오는 길을 헤맨다는 아내의 말을 이해하지 못했다.
아내가 자존심으로 말하지 않아 길치인 줄 정말 몰랐다.

아주 가까운 친구가 운전하는 차를 타고부터 길눈 어두운 길치인 사람이 있다는 사실을 처음 알게 되었다. 신둔면서 호법면 쓰레기 소각장을 가는데 3번국도 타고 이천사거리에서 우회전하였다.
"왜 서이천 IC 쪽으로 가면 가까운데…."
나는 이해가 안 돼 말했더니 친구는 가던 길로만 가야 길을 찾을 수 있다며 경험을 이야기한다.

결혼 40년 동안 처가댁 가는 길을 매번 물어 아내에게 구박 받은 일, 서울아산병원 가다 중부고속도로 서울 만남의 광장에서 서이천 IC로 되돌아 왔던 일, 동해고속도로 역주행 사건 등이 줄줄이 나온다.

친구 아내는 처갓집도 제대로 못 찾는다고 처가를 무시한다며 가슴에 응어리를 품고 있다가 동해고속도로 역주행하는 차를 함께 탄 후 정말 길눈이 어두운 길치가 내 남편이라는 것을 알고 응어리를 풀었다 한다.

"아, 그래 자네랑 똑같은 사람이 있어. 바로 나의 마님이 그렇다."
친구 부부의 말을 듣다가 부부 인연 38년 만에 아내가 길치란 사실을 알았다.

길치 쌍둥이인 친구 덕분에 우리 부부의 사랑을 찾았다.
"그동안 길치인 줄 몰라 윽박지른 내가 참 바보였고 미안하오. 앞으론 묻고 이해하며 살아야지."

길치인 친구 덕분에 사랑을 찾았다2

작은딸 초등학교 2학년 때다 증포동에서 얼마 떨어지지 않은 창전동으로 이사했을 때였다 작은딸 호떡이 먹고 싶다며 이사 오던 날 혼자 집을 나갔다 한 시간 넘어도 집에 오지 않길래 짐 정리 멈추고 호떡집을 찾았다 딸이 다녀간 지 오래라 해서 무척 당황스럽고 답답했다

마침 경찰차가 요란한 경광등을 돌리고 오더니 내 앞에서 멈추었다 경찰차 뒷문에서 작은딸이 웃으며 내렸다 깜짝 놀랐지만 반가워서 눈물이 날 지경이었다

"이 애가 딸 맞습니까? 서울에서 이사 오셨나요?"

순경의 물음에 예도 아니고 아니요도 아닌 답을 하고 얼른 딸을 부둥켜안았다

"어떻게 경찰차를 타고 왔니?"

집에 오는 길에 딸에게 물었더니 이사한 집을 몰라 파출소로 가서 순경 아저씨에게 오늘 서울에서 창전동 고려 아파트로 이사 왔는데 길을 잃어버렸다고 했다 한다

얼마 전에 길치 친구 덕분에 길치 엄마와 딸을 이해하기 시작하니 엄마와 딸에게 부족한 것보다 넘치는 것이 보인다 그 순간에 어린 그것이 어떻게 체면도 살리고 집도 찾는 지혜를 떠올렸는지….

사위에게 들려줬더니 사위도 그때서야 길치를 이해하고 더 배려하게 되었다고 한다

길치인 친구 덕분에 사랑을 찾았다3

길치인 친구 덕분에 찾은 사랑 이야기를 써놓고 보니 되짚어 보이는 것들이 많더라 아내는 여행을 싫어했는데 부부동반 여행조차 한 번도 하지 않아 섭섭했는데 이제야 보이더라

길치인 아내는 여행 중에 길을 잃어 웃음거리 될까 봐 공포와 두려움 때문에 남편에 대한 배려로 여행 자체를 싫어한 것이더라 여행 온 일행과 떨어질까 봐 화장실이라도 갔다가 버스로 돌아오지 못할까 봐

남편을 위해 억지로라도 따라나선 여행길이라면 물 종류를 먹지 않았다 아내는 화장실 자주 안 가려고 버스 자리에서도 일어나지 않았다 버스를 잃어버릴까 봐

요즘 나는 길치 마님 도우미다
길치인 친구 덕분에 사랑을 찾은 후로
안전하고 편안한 노후를 위하여

여행 시작은 먹는 것 무엇이든 입맛대로 다 잘 드시오 화장실은 함께 가 정문 앞 잘 보이는 곳에서 기다려 버스로 모셔올 테니
여행의 백미는 구경이니 어디든 가고 싶은 곳 어디든 다니시오 내 눈에서 멀어지면 언제든지 찾아 눈도장 찍어 웃음으로 모셔올 테니

이제는 여행도 다니니 좋고 함께 할 얘기도 많아 좋고
좋고 좋고 길치인 친구 덕분에 찾은 사랑이 더욱 좋고

이런 고생은 날마다 하여도 괜찮아요

부부동반 여행은 지는 게 이기는 것을 확인하는 시간이다
친구 아홉 부부가 그린망고 모임을 만들었다
이번 여행은 여섯 부부가 다녀왔다

부인들의 대화에서 남편들의 공통점은,
티브이 리모컨 권총을 손에 잡고 졸고 있어서
권총 리모컨을 뺏어 티브이를 끄면
깜짝 놀라 눈 크게 뜨며 보고 있다고
짜증을 부린다는 것이다

인자하신 부인의 말씀,
예비 리모컨 구입하여 채널은 물론
권총 리모컨을 사용하지 않고 티브이를 끌 수 있단다
모두 깔깔거리며 마음이 훈훈하게 익어간다

나만 그런 것 아니라는 남편들의 항변은 소용이 없어
졸려우면 조용히 티브이 권한을 부인에게 넘기자
남편들 대표로 2박 3일 함께 고생하신
부인들에게 고맙다는 인사를 하자
얌전한 부인께서

"이런 고생은 날마다 하여도 괜찮아요."

부부 여행은 지는 것이 승리라는 것을 일깨워주는 시간이다
부부가 함께 할 다음 여행을 꿈꾸며 행복하였다

나의 길

아버지는 일꾼에 의지하는 건달 농사꾼
어머니는 부엌과 일에 찌들어 살아오신 분
나이 드신 어머니 아버지는
농사일은 나에게 맡기고
부엌살림은 내 아내에게 넘기길 원했다

그런데 어쩌다
나는 신용협동조합에 몸담게 되었고
내 아내는 살림을 몰랐고
겨우 밥 지을 정도다

우리들 시대는
둘만 낳아 잘 기르자 하여 무조건 아들 낳아야 했다
딸 둘 낳은 아내와 나는 아들 없다는 시대 설움과
"아들 있어야지."
어머니 아버지가 던진 말에
퍼런 멍이 몸과 마음에 꽉꽉 새겨졌다

넉넉지 않은 살림에 폼 쓴 나
알뜰살뜰 살림 꾸려온 아내와 서로 달랐다
살붙이며 살아 온 42년에 깨달음은
다음 생에 또 아내와 만난다면
다시 결혼하길 소망한다

내 삶 고단하고 힘들어 쉬운 길 아니라도
나는 좋아하며 나의 길을 걸어 갈 것이다

꿈과 희망이 이어지리라
– 이천신협 50주년에 부쳐

봄비 대지에 흠뻑 내려
나뭇가지 새순 돋고
봄꽃도 피어 방글방글 웃는
1975년 3월 27일
믿음과 협동의 정신으로 서른일곱 명이 모여
이천신협 창립하는
밀알 하나가 이천 땅에 떨어졌다

고리대금업에서 해방되고 싶다는
희망과 꿈 하나로 자조, 자립, 협동
'일인은 만인을 위하여 만인은 일인을 위하여!'
기본 정신으로 살아온 세월이 50년이다

대견하도다 자랑스럽다
알뜰히 살뜰히 모은 푼돈을 저렴한 이율로
병원비로 자식의 학비로 결혼비용 사업자금으로
이용한 가정의 삶의 질을 높여 주어
조합원이 행복하게 되었다

고귀한 희생과 봉사에 존경스럽다
창립초기 임원의 출연금으로 봉급을 지급하였고
수익구조가 좋아져 출연금은 장학사업 기초가 되었고
대한민국 역군을 키우는 장학재단을 설립하였다

새로운 혁신의 성장에는 기쁘고 즐거움도 있지만
슬프고 아픈 시련도 있기 마련이지
임직원 간의 갈등도 있었고 현금인출 사태로 인하여
현금을 지불하지 못하는 긴박한 상황을 견디고 이겨냈다

반세기 50년 동안에
'조합원의 삶의 질 향상'을 위한
꿈을 가지고 열정을 다하여 조합원이
더불어 함께 잘 살아가도록 노력하였으며
대한민국 신협 역사의 큰 발자취를 남겼다

이제 함께 가야 할 영겁에는
조합원을 위하고 지역사회의 발전을 위하여
밀알 하나 썩어 많은 열매를 맺듯이
일인의 희생이 만인을 풍요롭게 하며
만인이 협동하여 일인을 기쁘게 살아가야 한다

이천신협아!
50년을 넘어 다시 첫마음으로
선배 임직원의 고귀한 희생과 봉사 정신을 이어받아
임직원을 위한 협동 조직이 아니라
진정 조합원을 위한 협동조합으로 만들어 가자

시련 없는 영광이 어디에 있겠나?
희생 없는 봉사가 어디 있겠나?
천 년의 시간을 넘어 영원하여라!

꽃은 시들어도 꿈은 시들지 않는다
꿈은 희망이요 생명이요 자유다
꿈꾸는 이들은
언제나 아름답다

이천신협아!
50년을 넘어 다시 첫마음으로!
천 년의 시간을 넘어 영원하여라!

시장의 작은 들꽃

당신은 시장의 작은 들꽃
눈비가 온다 하여도
쪼그려 앉아 웃으며
새내기 신협 직원 반갑게 맞이했습니다

풍성한 물건 진열한 상점이 아니라
나물 풋고추 오이 옥수수 감자
사과 궤짝에 올려놓고 파시는 아주머니
천원 이천원 푼돈 저축하려고
은행에 갈 수 없다 하며
신협의 파출 업무를 고마워했습니다

저축하는 재미가 쏠쏠하다며
통장 잔액을 보고 또 보시니
직원도 더불어 덩실덩실

아들 딸 대학교 입학금
집 장만하는데 보태 주어야 한다며
식사는 늘
노상에서 싸늘한 도시락입니다

당신은 시장의 작은 들꽃
맑고 곱게 피어오르니
가치와 그 향기는
하늘 땅으로 가득합니다

패밀리 Day

따뜻한 얼굴을 마주보며
소소한 일상 이야기 나누는
직원의 가족을 불러
소통의 마당을 달마다 가졌다

부모 배우자 자녀가 함께
생일 케이크 축하 노래하며
행복하고 즐거운 시간을 보냈다

몇 해 지나 얼굴 익히니 서먹함 없어지고
마음을 열어 놓는 직원의 아내에게
추궁하듯이 생활의 애로와
불만을 토론하며 답을 얻었다

업무가 많아서인지 너무 잦은 야근으로
저녁을 함께 할 수 없으니 일찍 보내주셔서
아이들과 추억을 쌓을 수 있었으면
좋겠다며 빙그레 웃었다

오늘은 잔업 없는 날
일찍 집에 들어가는 날
아이들과 함께 저녁 하는 날

매월 첫째 넷째 화요일
패밀리 Day로 지정하여
나는
가족에게 편지를 써보내고
신협은
가족이 함께 할 선물을 제공
진솔한 가정이 되도록 배려하였다

이웃 사랑

아파트 담장에 노오란
산수유꽃 피어나면
오는 봄마다 잊지 않고
꽃씨를 나누어 주는 당신

어려운 살림을 꾸리는 분은
풍성하고 넉넉한 삶이 피어나고
상처 받아 마음이 갈라진 분은
물로 씻은 듯 마음이 하나로 피어나길
노래하며

당신,
봄맞이 꽃씨 심어 놓고
활짝 꽃 피길 기다리며
꽃말처럼
희망이 피어나길 흥얼대내

6부
오라, 내 고향 이천으로

영(令) 트는 날

1.

누에가 뽕잎을 갉아 먹듯이
사각사각 설봉산이 벗겨지는 날
땔감 긁어모으는 읍내 사람들 다닥다닥
산등성이 이불처럼 덮었던
낙엽을 홀라당 벗겨내 맨바닥 드러내고
푸른 소나무 손닿는 가지마다
낫질로 전부 도려내어
상투 올린 듯 꼭대기만 푸르다

영 트는 날은 낭구 하는 날
산림간수가 지키던 땔나무를
임금님 영 내리듯이 허락하던 날
땔감이 가을걷이 못지않게 중요하던 시절
사람들이 애타게 기다리던 날
열흘 이내 쉴 틈 없이
나뭇가리를 쟁여놓아야
따뜻한 겨울을 지낼 수 있어
통행금지 해제되는 새벽 네 시에
아버지 어머니 어린 자식 총동원해서
설봉산 향해 달려가던 날

2.

교실 창 너머 구만리뜰 보이고
수여선 협궤열차 뿜어내는 연기 따라
열여섯 소년의 꿈은
여주로 수원으로 내달리고
미루나무 가로수 비포장 길에
간간이 흙먼지 일으키는 자동차
서울로 서울로 유혹하는데

한눈에 들어오는 설봉산
화수분처럼 끊임없이 온기를 주는 곳
추운 겨울 웃풍 심한 온돌방
구들을 따뜻하게 해주고
굴뚝으로 솟아나는 연기는
정을 나누며 품어대는
이웃의 입김처럼
따뜻한 사람들 모이게 하고
그 속에 나를 있게 한 설봉산
영 트는 날
그 모습 잊지 못하네

설봉호수

사람이 필요해 만들어 놓은 호수다
설봉호수가 없었다면
인적 없는 황량한 들판에
간간이 철새만 날아들고
앙상한 나무만 삐죽삐죽 서 있을 설봉산이다
해 뜨고 노을 지는 설봉호수는
사람이 필요해 만들었더니
그 이상을 주는 호수다
계절마다 갈아입는 초록의 풀과
나무에 꽃이 피고
가을이면 노랑 빨강 단풍에
산새와 벌 나비 찾아오듯이
영원히 사랑이 머무는 아름다운 설봉호수
나도 그 호수에 흠뻑 적고 싶다

나는 누가 필요로 인해 만들었던가
나는 과연 호수만큼 주고 있는가

모가국민학교

마곡산 골짜기 물은 유리알 같았지
참꽃 피던 고갯마루 두 번 넘고
논밭 들길 걷고 달려야 했지

치약 없는 우리는 고운 모래로 이를 닦곤 했었지
손발톱 무릎 발뒤꿈치 때도 벗기며
벌겋게 부풀은 가난이지만 마음은 가볍고

하늘을 날아가는 비행기 언제나 타볼까
구멍 난 양말에 검정 고무신
옷 한 벌 여러 형제 대물림 하던 시절

감자 옥수수 고구마 모자라면 물로 끼니 채우고
달리기로 논두렁 새참 심부름 신나했었지
마곡산은 따뜻한 미소로 품어 주었고

이천 중앙통거리

그때 알았더라면 좋았을 걸
그림으로 사진으로 시로
또는 일기로 자세히 남겼더라면

전봇대는 건물보다 높아 하늘 찌르고
잊혀가는 진전골목 이야기와 가게 이름들
흙먼지 나는 중앙통 버스길에 쌓인 눈
지금은 복개된 중리천으로 밀고 했었다

자장면 먹은 그릇에 남은 꾸미
보리차 물로 싹싹 가셔 마시고
돈 안 드는 순댓국
국물만 더 달라며 배를 채웠다

엄마는 곡식을 자루에 담아 버스 타고 나왔고
장날 차부 앞에는
"저 자루 내 거! 이 보따리 내 거!"
좌판 벌려 놓은 아줌마들이 악다구니 경연을 펼쳤다

중앙통시장은 기쁨과 슬픔을 더하고 나누는 곳
이 마을 아저씨 저 동네 아줌마들이
억척스런 악다구니로 하나가 되는 곳
매운 닭발 모래집 튀김 전 족발 새로운 안주
억척스런 악다구니 옛 모습 살아 있지만
사라진 것들에 대한 아쉬움은 달랠 길 없구나

그때 알았더라면 좋았을 걸
그림으로 사진으로 시로
또는 일기로 자세히 남겼더라면

안흥방죽의 추억

소고리에서 안흥지까지 삼십리 길 겁 없이
설레는 기쁨에 들떠 스케이트 달랑 메고
차가운 겨울바람을 온몸으로 받으며 향했던 길

학교운동장보다 넓었던 안흥방죽 스케이장
스케이트에 썰매까지 많고 많은 사람들
용기내어 겨우겨우 허리 굽혀 줄 잇듯 달렸다

구만리 뜰 가득 채우며 연꽃 피었던 물이
찬바람 첫눈 소식 전하면 작은 섬 중심으로
얼음판이 스케이팅 썰매 트랙을 만들어주었고

인근 마을 논바닥에서
스케이트 꽤나 한다는 아이들
하나둘 모여들어 경연을 펼쳤던
안흥방죽 추억

중리복개천

복하천 가야 중리천이 보인다
중리천을 보아야 이천이 보인다

쓰레기가 숙성된 물 토하는 복개천 하류
온몸 움켜잡고 도망가고 싶을 정도다
쓰다버린 양심들
콘크리트 하수구 짙은 암흑에 가두었다

예부터 남천공원 쪽으로 흐르던 마전터 하천
지금은 흔적조차 없어지고
설봉저수지 쌓으면서 개배미골 물과
신뱅이 우물 앞에서
합류하는 중리천을 만들었는데
이제는 복개천 되어 어둠 속에 묻혔네

풀꽃 만발한 총총한 발자국 다시 찾고 싶어라
콘크리트 위로 달리는 자동차 소음보다
빨래터 아낙네들 사랑방 되었던 그 중리천
어둠 속에서 꺼내 맑은 햇볕에
다시 흐르게 하고 싶어라

복하천 가야 중리천이 보인다
중리천을 보아야 이천이 보인다

설봉저수지 바라보며

아무리 좋은 일도 찬반은 있기 마련
저수지 둑 쌓을 때도 그랬지

불만 가진 사람들 소문을 내었지
저수지는 몇몇 유지들의 욕심이라고
조상 은덕 입으려고 배산임수 만들고자
이천읍내 사람들 머리에
물을 이고 살게 만드는 거라고

좋아하는 사람들도 많았지
이천은 물을 보고 즐길 곳이 없기에
흘러가는 설봉산 물을 머무르게 하면
산과 물이 어울리는
아름다운 명소된다고

그때 설봉산 물은 빠르게 흘러
계곡에서 즐기고 놀기에는 부족했지
비가 와도 하루 이틀이면
복하천을 빠져 나갔지

가재 방개 숨쉬던 계곡에는 빨래터 있었고
논에선 미꾸리 메뚜기 천렵
밭에선 콩서리 무서리 즐기던
그 시절 아련한데
아무리 좋은 일도 찬반은 있기 마련
저수지 둑 쌓을 때도 그랬지

임금님쌀밥

반찬 없이 먹는 게 이천쌀밥이야
무슨 말도 안 되는 헛소리냐
맛보면 알아
한 번 먹어보자

찰지고 윤기 흐르는 쌀밥
한 숟가락 꼭꼭 씹어 보니
오감이 가득한 쌀밥

말도 안 되는 헛소리라던 친구
반찬은 다 남기고
함박입이 되었네

성당 옆 옛 골목길

1.
키 작은 아이들도 들여다보일 정도로
낮은 담장 꽃밭에는 채송화 봉숭아 맨드라미 피던
한눈에 볼 수 없게 꾸부러진 옛 골목길
지금은 흔적조차 없다

구불구불 좁지만 동네 아이들 모두 모여
고무줄놀이 공기놀이 구술치기 놀이터였고
뜀박질하다 넘어져 무릎 까여도
공차기 신나던 운동장이었다

흙먼지 날리고 연탄재 쌓아 놓은 골목길
내 집 앞은 내가 쓸던 인심들
옆집에서 먼저 쓰는 빗자루 소리 들리면
너도 나도 빗자루 들고 나와 늦어 미안하다며
먼저 정다운 인사 나누고
오늘은 무엇을 맛있게 해 먹을까
시장 갈 이야기 수다로 풀던 아줌마들
시장바구니 들고 다시 나와 시장으로 향하던 길

2.

지금은 발가벗은 내 몸뚱이 보듯이
끝이 훤히 드러나 보이는 직선길
앞만 보고 빠르게 달려야만
할 것 같은 길

뛰놀던 아이들 정답던 아줌마들
어디로 갔을까 어디에 있을까
지금은 사라진 옛 골목 노래하는
정다운 시가 흐르고 있는 길

콘크리트 자동차 즐비한 골목길에
새로운 것과 잊혀져 가는 것이
기쁨도 주고 행복도 주면서
새로운 꽃을 피우고 있는
성당 옆 골목길

온천공원

나지막한 동산 중턱에 동새말 동네가 있었다
피난 온 사람들이 모인 양철지붕이 많았지만
아주 편안한 이웃들이 살고 있었다

안흥리 가는 오솔길이 있었고
반딧불 메뚜기 잡던 논과 밭
그리고 미나리꽝이 있었다

지금은 자동차 길 때문에 동산은 둘로 갈라졌고
온천공원 조성을 위하여 갈라진 동산은 연결 다리로 하나 되었다
91.32 미터 정상에서 사방팔방을 보며 무료 온천족욕을 즐길 수 있다

남쪽에는 여주 영릉을 참배한 임금님이
이천 행궁에 머물며 돌아보신 애련정과 안흥 방죽이 있다
눈과 피부에 효험 있는 더운 물이 솟구친 온천배미에 자리잡아
지친 하루의 피로를 풀어주는
설봉온천랜드 미란다호텔 사우나가 성업 중이다

동쪽에는 구만리들을 가로지르는 복하천 건너
금송아지 불로초 전설이 있는 효양산 중턱에는
거란병 외교담판술 발휘한 장위공 서희선생 테마파크가 있다

북쪽에는 이천에서 최초로 지어진 현대아파트가 있다
당시 그 곳에 사는 것을 선망으로 여긴 이들이 많았다
그 이후 좋은 아파트가 시샘하듯 신축되었다

서쪽에는 설봉산이 있고
삼국시대의 요충지로 각축전을 벌이던 설봉산성이 있다
영월암 설봉공원 도자센터 월전미술관이 보이고
시가지가 한눈에 들어온다

공원은 이천국제조각심포지엄 작품이
찾아오시는 분들을 반갑게 맞이하여 주며
책을 대여할 수 있는 평생학습 북카페와
공원 내에서 놀 수 있도록 장난감 대여를 해주는
아이랑 카페가 반겨준다

운동장에서 흘린 땀의 참의미를
만끽하며 역동적 열정을 배우는 이들은
공원의 주인으로 진미를 알고 있지?

작열하던 태양이 서산으로 물 들면
노을 그리고 어둠 솔바람 따라
도란도란 이야기 나누고
이웃은 공원에서 하루를 즐긴다

수려선

추억 스민 협궤열차 만남의 광장이었지
우연을 가장한 부딪힘과 눈맞춤에
맞은 편 여학생이 부끄러워
얼굴 붉혀 도망가듯 건너던 등하굣길

시간 맞추어 다니던 동차
끼익 칙칙폭폭 기적 소리는
괘종시계 같이 시간을 알려 주었고
수증기와 연기는 어디쯤 왔는가 알려주었지

읍내 학교 통학생 오천 용인 장꾼들
인천 수원 여주 수학여행 타고 다녔지
땡땡 소리에 차단기 내려오고
수려선 건널목에 깃발 올라갔지

도드람산

숲속 나무 바위틈에 숨어 있다
소풍 때마다 설레게 했던
보물찾기처럼
효자의 이야기를 담은 전설이

언제나 갈증을 채워주는 좋은 물이 있다
산중턱 영보사 석관수는
바위틈으로 솟구치는 물이기에
항상 흐르는 살아있는 물이기에

즐겁게 사랑하며 함께 살아가는 지혜를 배운다
급경사가 있어 손발로 기어올라야 하니
서로서로 손잡고 끌어 올려 주며
더불어 부모 자식 사랑도

등산의 묘미를 만끽한다
주변에 높은 산 없어 시간 반이면
정상 정복의 기쁨 누릴 수 있고
사통팔달 돌아가는 호법인터체인지
임금님 진상미 깔아놓은 너른 벌판
한 눈에 내려다 보이니
이보다 좋은 산행이 어디 있으랴

반룡송

장엄한 산도
강이나 연못 하나 없는
작은 들판 낮은 곳에서
용맹스럽게 살아온 용

180도 넘게 뒤틀려 겪어온
풍상은 천 년의 역사를 품고
긴 세월 내려앉은 먼지는
용의 비늘만 같다

오라 오라 천 년의 신비
천 년의 생명
낙락장송 솔향으로 오라

이천 관고전통재래시장

가보자 가보자 이천의 인심이 있다
시장길은 변하지 않아 옛길 그대로다
시장 모습은 그 시절과 많이 다르다
가게 점포보다 길가 좌판이 더 많았다

냉장고 없고 얼음도 귀한 시절부터
넉넉한 인심과 행복이 깃들어 있는
싱싱한 채소 신선한 생선이
해가 지면 온 가족의 밥상으로 옮겨졌다

길거리 즉석 국화빵은 사랑의 증표
종이봉투 한 가득 정이 넘치고
덤 몇 개 더 주는 훈훈한 시장의 인심
함께 간 이웃에게 국화빵 사랑이 넘친다

십수 년 연구한 먹을거리 매운 닭발은
최고의 명물로 사람들을 불러들이고
구수한 옥수수 고구마 향긋한 빈대떡 향기
가보자 가보자 이천의 인심이 있는 거리로

이천 도예촌

바람과 함께 어울려 맘을 깨우는 소리나무 풍경종
고품격 그림 자연 풍광을 도판 작품에 넣어
벽면에 그림처럼 액자로 걸려 있네
상상 속에만 있던 여러 모양 좋은 작품이
거리마다 골목마다 펼쳐있는 이천 도예촌

도예인 혼이 들어 있는 전통 도자 작품은
백자 청자 비취 조상의 얼을 계승하고
밥상에 정갈하게 들어앉은 그릇들
맵시를 아름답게 해주는 목걸이 반지 소품
만날 수 있어 과거와 현재 미래를 잇는 이천 도예촌

명가빈대떡

누님 시집 갈 준비하던 날
온 동네 사람 모이고
푸짐한 인정 부치는 향기
입안 가득 군침 넘기다

가물가물 어린 추억
그리움 몰고 오는 빈대떡
이천 관고전통시장 명가빈대떡
이른 저녁부터 밤늦도록 북적이다

정겨운 이야기 잊지 못하는
사진과 글은
온 벽면에 주렁주렁
핫플레이스 명가빈대떡

신선함에 정성을
가득 버무려
어머니 손맛 이으려고
밤 지새운 열정과 노력

젊음의 아이디어 톡톡
비 오는 날은 빈대떡 먹는 날
요일별 할인 메뉴
꿈과 희망이
시집간 누님과 함께 꽃으로 피다

유산리 플라타너스 길
– 옛길 추억

이천에서 수원 가는 길가에 플라타너스
흙먼지 뚫고 자전거로 달리던 신작로길
그 옆은 수여선 협궤열차 철로
우리의 꿈과 희망 싣고 달렸다

신작로 옆길 구불구불 좁은 길에는
플라타너스 아닌 미루나무를 심었다
미루나무 크면 밑동까지 베어
성냥공장에 보내진 기억이 있다

잎 널찍한 플라타너스 나무는
따가운 햇살과 소낙비를 피하며
매미 소리 벌레 소리 새들 노래
낭만으로 추억을 꽃피우던 길이다

플라타너스 길은 오랜 역사를 품고 있다
협궤열차 타고 내린 사람들의 애환을
신작로길 포장하고 넓히며 없애 버릴 때
나무 열매 방울로 장난치며 놀았던 정이 아른하다

애련정

그냥 관심 없이 지나치며 살아왔다
안흥지 가로 지른 목조 다리
중간에 있는 애련정
철철마다 피워오르는 꽃들에 취해
주변 풍광에만 취해

보려고 보니 오백년 넘는
역사가 숨어 있는 애련정이다
임금님 선정의 뜻 다지시고
선비들 모여 시대 정신을 노래하던 곳
푸른 소나무와 능수버들 심어 놓고
그 뜻을 새겨보는
후손들의 숨결

정자 하나 무슨 의미가 있겠냐고
말하는 이 있지만
이게 어디 정자 하나랴

호법 코스모스 길

시내에서 복하천 자전거 길 따라
신나게 페달을 밟아서
호법 단내성지 향해 달리다 보면
봄에는 아직 어리지만
이팝나무 하얀 미소로 반기고
여름에는 단풍나무 태양에 붉은 꿈을 키우고
가을에는 활짝 핀 코스모스 무리들이
발걸음과 자동차를 멈추게 한다

어릴 적 향수와 추억이 담겨 있고
파란 하늘과 어우러진
길가나 꽃밭 어디든 피어
눈웃음치며 살랑살랑 반겨준다

가을 하늘처럼 맑은 웃음 보이던
소꿉친구들 보고 싶어 그리우면
벗이여, 산들산들 코스모스 속에서
우리들 지난 숨결 마음껏 느껴보자꾸나

산수유 마을의 봄

겨울 때 묻은 잔설 녹으면
앙상한 나뭇가지에
잔잔한 노란 숨결 꼬물꼬물
향기는 달달해 나비들 날아오네

햇살에 물들어
이른 4월 가족 나들이 좋은
산수유 마을의 봄

소소한 꿈 즐기며
일상의 기쁨을 누리고 나누는
이천 백사 산수유 마을의 봄
꽃담 길엔 노랗게
옹기종기
추억의 사진
한 장 담기도 좋아

배증개다리에서

폭포처럼 폭염 퍼붓는 여름
증포동 배증개다리 아래
자전거 전용 도로 따라서
새파란 갈대숲이 펼쳐져 있네

꼿꼿하게 서 있는 갈대
긴 장마 폭우 폭염 이기고
푸른 숲을 이루도록 자라서
보기도 시원한 곳 자전거로 달리네

흰 구름 높이 뜨는
파란 가을이 오면 갈대숲이
갈색 옷으로 갈아입고
갈바람 따라 춤을 출 때
돌아보며 달리자네

가을바람 불면
눈보라 치는 겨울 오기 전에
철새처럼 떼지어 다니며
행복하게 즐겁게
이 시절을 즐기자네

안흥사 절터

역사가 숨어 있거나
유적의 흔적이 남아 있지 않을 때는
그 유물의 위치와 가치를
동네 사람조차도 알 수가 없다

안흥동과 갈산동의 경계에 안흥사
큰 절이 있었는데 조선 중기 이후에
폐사되어 흔적이 없어져
아파트 개발하며 발굴 조사로 알게 되었다

이곳 석탑을 안흥사지오층석탑이라 하고
산속에 홀로 외롭게 있던 석탑은
국립 중앙박물관 이전 전시되고 있다

10개동 건물의 터 안흥사는
갈산 휴먼시아 아파트를 정문 앞
넓은 공간에 표지석이 놓여 있으며
통일신라 때 창건한 절로 규모가 컸다

예불 소리 대신하여 지금은
어린아이들 행복한 웃음소리 들리고
이른 아침 알리는 새소리에
천년의 침묵에서 깨어나길 빈다

에이스 경로회관

오늘도
인생의 격류를 헤치며 이겨낸
좋은 님들께서 모여 드는 곳입니다

그곳은
약으로 주사로 치료도 하지 않지만
정성껏 준비한 음식 나누며
몸도 튼튼해지는 곳입니다

서로 소통하고 화합하며
문화를 즐길 수 있는
사랑방 같은 공간이 있어
마음의 위로와 응원을 받을 수 있습니다

벌써
일찍 오신 좋은 님들께서
무료급식에 감사와 고마움을 전하는
마음을 담아 긴 줄서기를 해야 합니다

영원히
햇살처럼, 별처럼
에이스 침대회사와 경로회관이
아름답게 빛나기를 기원합니다

좋은 님들 건강한 삶이
꽃피어 오르기를 기원합니다

설봉산 작은 절터

풍 갔던 작은 절터
지금은 설봉서원이 자리잡아

봄도 꽃도 그대로인데
함께 즐기던 친구들
다 어디에 있을까

세상이 다 바뀐다 해도
그리운 추억만큼은
진달래 꽃피듯 하니
소풍 온 마음으로
행복한 하루를 보냅니다

설봉서원

이천의 진산
설봉산 기슭 울창한 숲속에 조용히 자리 잡고
앞에는 물 졸졸 흐르고 있습니다

1564년 안흥지 주변 향현사 창건하여
서원철폐령으로 헐어 치워버렸다가
136년만인 2007년 설봉서원을 복원하였습니다

성현의 정신을 본받겠다며
학생들은 전통문화 계승과 예절교육을
시민들은 한학과 유학
다양한 평생교육을 하고 있습니다

서원에는 선현 서희 이관의 김안국 최숙정 서선
다섯 분의 선생님 배향하고 있으며
매년 봄가을로 선현제향을 올리고 있습니다

아름다운 인간관계를 맺어가며
시민이 더불어 함께 잘 살아가도록
인성을 함양하고자 하오니
남녀노소 어느 분이든 환영하옵니다

7부
우리 함께 떠나봐요

휴가 떠나듯

오늘의 삶은
다시 돌아오지 않습니다

오늘보다 좋았던 옛날이 있다 하여도
다시 돌아갈 수는 없습니다

오늘보다 더 좋은 미래가
보장된다 예측할 수도 없습니다

매일 새로운 오늘
신나게
휴가 떠나듯 삶을 이어 갑시다

다시 돌아오지 않습니다
오늘의 삶은

가을 나들이

여행의 멋은 그리운 맛을 찾고
포근한 사랑에 위로를 받는 것이다

시리도록 파란 가을 하늘이
먹장구름 비 될까 걱정하며
들뜬 마음에 가을 나들이 떠나다

마음껏 뛰놀 뒷마당 있고
어머니 품같이 포근한 음식점에서
잊지 못한 어머니 손맛을 느끼다

곱게 물든 단풍에 눈길 주고 나면
어느새 낙엽 되어 쌓인 단풍에 감탄하니
바스락 웃음소리는 첫사랑의 마음 같다

늦가을 감나무 울타리에 주렁주렁 핀 꽃은
호랑이도 벌벌 떨게 한 곶감이라
옛 동화를 들려주신 할머니 어머니가 보인다

여행의 멋은 그리운 맛을 찾고
포근한 사랑에 위로를 받는 것이다

임금님 귀

생활에 짐 풀어내고 싶어
무작정 떠난 우리 친구들
봄꽃처럼 들뜬 여행길

차 안에 어 어 어 비명소리와 동시에
저 놈의 자식 죽으려 환장했나
방향지시등 켜지 않고 끼어들어
깜짝 놀란 모두
욕 한마디씩 퍼부어 준다

추월차는 빨리 통과해야 하는데
주행차와 같이 앞만 보고 달리면
또 욕 한마디 퍼붓는다
점잖은 입에서 쌍스런 욕지거리 튀고

욕먹은 사람 그 덕에 오래 산다
옛말 전해 내려오듯이
임금님 귀는 당나귀 귀
스트레스 없는 삶이 최고 삶이다

오월 신록

바다와 들이 보이는
산으로 가자
오월 신록에
취하기 위하여

산에서
바라보는 바다는
파란 색에 경계가 없어
하늘과 맞닿고

산에서
바라보는 들은
푸르른 농작물 경계가 없어
산과 맞닿는다

오월 신록에
취하기 위하여
바다와 들이 보이는
산으로 가자

유월

집안에 있기는 아쉬워
떠나고 싶다
걷고 걸어서

유월은 내 젊음이 살아 있는 계절
신록 속에 바람도 좋아
햇살도 적당히
걷기 좋은 계절

가장 푸르렀던 행복 찾아
풀꽃과 더불어
걷고 걸어
떠나고 싶다

유월은 내 젊음의 계절
걷는 길은
유월이 최고

논골담길

다닥다닥 작은 집들
묵호항 뒤편 언덕배기는
꼬불꼬불 좁고 가파른 길
맨 몸으로 오르기도 힘들다

리어카 오토바이 차로 나를 수 없는
일상에 필요한 물품을
이고 매고 등짐으로 지고
손으로 나르며 살아 왔다

이 고달픈 애환을 견디고 이겨낸
논골담길 사람들 생활 이야기를
야트막한 담 벽에 소박한 담화로
세상과 만나는 행복한 길이다

숲속 책방 놀이

강원 정선 덕산기 계곡에
책방이 있다는 티브이 방송을 보고
초등학교 동창 넷이서 작심하여
돌덩어리와 몽실한 큰 자갈에
듬성듬성 모래가 끼어 있는 길이라
승용차는 웬만해선 갈 수 없는 길이라
자동차 닫는 길까지 가서
길가에 세워 놓고 무작정 걷기 시작한다

숲속 책방 팻말은 빛바래 알아보기 어렵고
멀어서 책방까지 갈 수 없다 해도
초록 이불 덮은 산 계곡에
눈물처럼 맑은 물 흘러 걸음을 멈출 수가 없다
화끈화끈한 마사지 받은 발바닥처럼
굽은 계곡 펴지면 보이겠지
어긋난 기대 몇 번 지난 다음
환호와 함께 조그마한 책방과 찻집이
길이 끝난 아늑한 곳에서 추억처럼 반겨준다

개가 손님을 맞이하고
주인도 없는 서점에 들어가서
침침한 불 밝혀 둘러보고
강기희 지음 『연산의 아들, 이황』이라는
주인이 쓴 소설집 두 권을 들고 나오니
그때서야 딸기 따던 손길 멈추고
곁을 내어 주며 말 거는 주인
티브이 인상보다는 실물이 훨씬 좋다

삼대가 살았다며
산새들의 보금자리와 함께 한 놀이터
장난감이 궁금하여 물어보니
최고의 놀이기구는 병뚜껑이라며
땅따먹기는 병뚜껑이 안성맞춤이라
손가락 튕겨 어릴 때 따먹은 땅에서
텃밭 농사에 책방 놀이를 하고 있다며

어차피 책은
마음 없는 사람 안 사고
마음 있는 사람이 산다고
책방이 어디 있는지는 중요하지 않다며
숲속 책방은
그런 분에게 책 파는 곳이라 한다

네팔 청년

스물여섯의 네팔 청년
친구네 젖소 돌보아주며 농사짓고 있어
나와도 인연이 닿다

언어 구사와 일맵시가 자연스럽고
부지런해 일의 엇박자도 없어
함께 하는 사람들이 불편함 없고
주인이 마음 편하게 외출할 만큼 수준급이다

5년 동안 여행다운 여행도 못하고
귀국길 몇 개월 남겨둔 청년에게
좋은 추억 남기고자 농장주인 친구가
가고 싶은 곳이 어디냐고 물었더니

바다 없는 나라 네팔 청년은
영화에서 보았던 파란 파도가 넘실넘실 춤추는
햇빛이 이글이글 하얀 모래밭을 달군
젊음의 열정이 넘치는 해변을 걸었으면 한단다

혼자 데리고 가면 그것도 주인 눈치 보느라 일이 될까 봐
어디 누구 같이 갈 사람 있냐고 물었더니
나중에 온 고향 친구도 같이 갔으면 좋겠다기에
그러마 했더니 세상 다 가진 표정을 짓더라

눈에 담는 추억보다 몸으로 느끼는 추억을 위해
보트와 4인용 자전거 타기
오징어 회 먹기 짠 바닷물 맛보기
해변 모래밭 걷기 수영하기 등 체험위주로 하였다

우리는 일상처럼 반복하는 일들이
어느 사람은 일생 동안 경험할 수 없는 일이라
그 체험담 듣고 막연히 갖는 부러움의 대상이라니
이 좋은 걸 왜 이제야 생각했던가

한계령 넘어 오는데 이건 산도 아니라며
으스대듯 말 많아진 네팔 청년
그래 그래 있는 동안 일만 말고
좋은 것은 다 경험하고 가자꾸나

백암산 케이블카 전망대

호국보훈의 달
6월이 오면
높푸른 하늘에 뭉게구름 핀 날
DMZ이 보이는 전망대에 가고 싶다

강원자치도 화천 백암산은
6.25전쟁 휴전 마지막 격전지로
국군과 중공군이 금성전투를 벌여
금성천 이남의 땅을 차지하였다

생사가 갈리는 이런 전투 중에도
전우의 주검을 두고 올 수 없어
흙과 잔돌을 쌓아 무덤을 만들고
푯대로 나무를 꽂아두었다

가곡 비목의 배경이 된 1175고지에
쓸쓸한 무덤 돌이끼와 나무푯대를 보고
이름 모를 무덤 주인 넋을 위로하기 위해
1960년 근무한 한명희 소위가 시를 쓰고
장일남 작곡가 곡을 붙였다

이런 아픔이 있는 백암산을
민통선 지나 도착 케이블카 타고 정상 올라
남으로는 평화의 댐이 보이고
북으로는 가까이 임남댐 보이고
멀리는 금강산이 보이는 곳이다

호국보훈의 달
6월이 오면
높푸른 하늘에 뭉게구름 핀 날
DMZ이 보이는 전망대에 가고 싶다

안동 예(藝)끼 마을

커피를 즐기는 70대 노인들과 빛바랜 흑백사진들이 붙어 있는 장부당 카페가 한적한 시골 동네에 있다.

노인들은 예전에 예안면 서부리 동네에 살았던 새댁들이 안동댐 공사로 물에 잠긴 고향 두고 떠나지 못해 도산면 서부리 산비탈로 이전하여 지금까지 살고 있다고 한다.

이주 동네를 '예끼 마을'로 부르니 "예끼, 놈!" 생각에 웃음 짓지만 "예술과 끼가 있는 마을"이란 언어유희가 좋아 보였다. 도시락 까먹듯이 그림도 까먹고 시도 까먹고 노래도 까먹는 마을, 도(圖) 시(詩) 락(樂) 마을, '예끼 마을'이 되었으니

선성현 관아를 옮겨 놓은 곳에는 근민당 갤러리
옛 우체국은 갤러리로 다시 태어나고
단장한 새집 벽과 담장은 캔버스에 테마별로
물에 잠긴 고향 예안을 그림으로 시로 살려 놓았고

벽화는 예안 장터가 우시장이었음을 보여주는 소 그림이 주를 이루며 어물전 꽃길 글 읽는 길 삶의 길이 펼쳐져 있다. 예안 옛 추억의 골목길 간판은 빛이 바랬고 안동댐 위에 부교로 놓여진 선성수상길은 물에 잠긴 예안 동네 위를 걷는 장관을 연출하고 예끼 마을 추억에 잠기게 한다.

영릉숲을 거닐 적마다

빠앙 기적 소리 때문에
빵차라 불리는 협궤열차도 타고 싶어
참석만 하면 얻어먹는 짜장면 욕심에
한글날 기념 백일장 대회 참가했다

초중고학생이 세종대왕 능 앞에
장원급제 시험을 보듯
오열을 맞추어 앉아 엎드려
가을 햇살 만끽하며 글짓기를 한다

글 주제 알리는
괘도가 이곳저곳 펼쳐 있고
늠름한 푸른 소나무에 걸쳐 있는
스피커에서도 다시 알려 준다

바람결에 흔들리는 가을꽃처럼
아우성치고 조잘대던 꿈나무들이
깊은 사색에 빠져
바람 물 등 미세한 햇살에 잠겨든다

영릉 숲을 거닐 적마다
글쓰기보다 잿밥에 욕심 많았던
학창 시절 잊지 못하기에
오늘 내일 지난 추억 그리고 있다

발문
인생 2모작의 새로운 길을 펼쳐주는 신중년 시인

이인환(시인)

1. 챗GPT가 흉내낼 수 없는 시세계를 펼치는 시인

지금 우리는 챗GPT가 상용화되면서 '사랑을 주제로 시 써줘'라고 입력하면 단 몇 초도 걸리지 않아 웬만한 감성시 하나가 뚝딱 생산되는 시대를 살고 있다.

"독자가 과연 챗GPT로 쓴 시를 구별할 수 있을까요? 이런 시대에 과연 시인은 어떤 시를 써야 할까요?"

시대를 반영하듯 이렇게 묻는 이들을 자주 접한다. 그때는 바로 이렇게 되묻곤 한다.

"챗GPT가 쓴 시를 보고 느끼는 점을 말해보세요."

그러면 거의 한결같이 이런 식으로 말한다.

"내용은 참 좋은데 인간미가 좀 부족한 것 같아요."

그렇다면 인간미를 어떻게 채울 수 있을까?

정말 진지하게 고민해볼 문제다. 시를 쓰는 이나 읽는 이나 챗GPT가 쓴 시를 접할 때마다 부족하다고 느끼는 인간미를 어떻게 채울 수 있을까?

시인은 시대를 대변하는 소리꾼이거나 시대를 이끌어 가는 선구자라고 한다. 공감력을 바탕으로 대중과 함께

하는 소통과 힐링의 자리를 만들어주거나, 창의력을 바탕으로 시대를 앞서 새로운 방향으로 이끌어가는 방향을 제시하는 것이 시인의 역할이라고 보기 때문이다.

그런 점에서 이경근 시인을 만난 것은 정말 큰 행운이다. 백세시대를 살아가는 시인의 인간미를 접할 수 있고, 또 이를 통해 챗GPT시대를 맞아 시인들이 어떻게 인간미를 풍기를 시세계를 펼쳐야 하는지 가늠할 수 있기 때문이다.

세상을 이야기하지만
머리가 텅 비는 느낌은
주름이 깊어가는 때문인가

신중년

외롭고 쓸쓸하네
새로운 나의 길을 찾아가는
이 지독한 고독의 길이여
– '신중년' 에서

'신중년'은 백세시대를 맞아 할아버지나 할머니라고 부르기엔 애매해진 60~75세의 사람들을 일컫는 신조어다. '인생칠십고래희(人生七十古來稀)', 즉 '사람이 70세까지 사는 것은 예로부터 드문 일'이라고 노래한 당나라 시인 두보와 수천년 동안 이를 당연하다고 여기며 살다 돌아간 이들이 들으면 그야말로 천지개벽할 말이다.

시인은 6.25전쟁이 끝나던 해에 경기도 이천에서 농부의 아들로 태어났고, 젊은 시절을 고리사채의 탈피를 위한 신협인으로 살아왔다. 이제는 은퇴 후 비로소 삶의 여유를 찾아 시를 쓰며, 백세시대를 건강하고 행복하게 펼쳐가고 있다. '새로운 길을 찾아가는/ 이 지독한 고독의 길'에서 시대를 대변하는 신중년 소리꾼으로 시인의 역할을 수행하며 이 시대를 살아가는 건강한 신중년의 전형을 보여주고 있다.

당신과 함께 한 사십칠 년이
하루같이 지나갔지만
앞으로 오랫동안 봄 햇살 내리듯이
오순도순 사랑하며 따뜻하게 살아갑시다

당신은 참 예쁜 사람입니다
당신은 나의 영원한 애인이 되어
챙겨주기를 좋아하는 당신 따라
나도 아름다운 참사랑을 배웠습니다
– '신중년의 사랑노래'에서

은퇴 후 백세시대를 '노인'으로 살아가는지, '신중년'으로 살아가는지의 차이는 간단히 드러난다. 나이는 같지만 '왕년에는~', '라떼는~'이라는 인식에 사로잡혀 부인이나 가족에게 꼰대로 살아가는 사람은 노인이고, '자기 자신을 가꾸고 인생을 행복하게 살기 위해 노력하며 젊게 생활하는 사람'이 신중년이다. 은퇴 후 애정표현도 제대로 하지 못하고 꼬박 삼시세끼 챙겨주기를 바라며 살아가는 삼식이가 노인이라면, 은퇴 후 시대의 변화를 바로 따라잡아 가장 함께하는 시간이 많아진 아내에 대한 애정 표현을 적극적으로 하며 행복하고 건강하게 인생 2모작을 펼쳐가는 이가 신중년이다.

경험의 지혜가 넘치고 넘쳐서
즐겁고 행복하여야 함에도
머릿속 셈법이 더 복잡해지는 것은
숨어있는 욕망 때문에
또 다른 욕심을 내리지 못하기 때문이다

고희도 지나간 어제 같고
마치 하룻밤 같은 삶의 여정이라
백 세를 산들
살얼음판 하나 분간 못하면
살아도 살았다 할 수 있겠나
– '살얼음판 - 신중년의 노래4'에서

시인이 펼치는 '신중년의 노래'는 시인이 지향해야 할 시대를 대변하는 소리꾼이자 시대를 이끌어가는 선구자의 역할을 그대로 보여주고 있다.

아무리 시적 기교가 뛰어나도 챗GPT가 쓴 시에 인간미가 부족한 것은 감성을 울리는 구체적인 스토리가 부족하기 때문이다. 그런데 시인은 독자의 감성을 울리는 일상의 이야기를 구체적으로 형상화하고 있다. 챗GPT가 흉내낼 수 없는 인간미가 흐르는 시세계를 펼치며 노인이 아닌 신중년으로 살아가는 이들의 전형을 보여주고 있다.

내가 사랑하는 사람은
묻지도 따지지도 않고 넘어 갑니다
힘들고 두려워도 견디며 이겨 냅니다
어떤 투정이라도 다 받아 줍니다
외출하고 돌아와 없으면 어린아이처럼
이곳저곳 두리번거리며 찾게 됩니다
나의 어려움을 엷은 미소로 응원하여 줍니다
그래서 평생 두 손 꼭 잡고 살아 왔습니다
내가 사랑하는 사람은 항상 곁에 두고 싶은
바로 당신
사랑합니다
– '내가 사랑하는 사람' 전문

시인과 동시대를 살아온 이들은 일반적으로 애정 표현에 인색하다. 가부장적인 시대를 살아왔고, 변화가 많은 시대를 살기 위해 몸부림치다 보니 상대적으로 애정 표현의 기회가 부족했기 때문이라는 것을 모르는 이는 없다. 하지만 어쩔 것인가? 백세시대를 맞아 은퇴 후 함께하는 시간이 많아진 가족, 그리고 누구보다 붙어있는 시간이 많은 아내에게 애정을 표현하지 않으면 갈등과 불화는 피할 수 없음을. 과거의 습관대로 애정 표현도 하지 못해 가정의 불화와 갈등을 일으키는 주범인 노인으로 살 것인지, 새로운 시대환경에 맞춰 적극적으로 애정을 표현하는 습관을 들여가며 가정의 행복을 지

켜가는 신중년으로 살 것인지의 선택은 오로지 본인에게 달려 있다. 시인은 동시대를 살아온 이들이 은퇴 후 노인이 아니라 신중년으로 살아가기 위해 적극적인 애정 표현을 잘 하는 것이 얼마나 중요한지 솔선수범으로 보여주고 있다. 신중년의 로맨티스트로서의 매력을 발산하고 있다.

2. 가장 가까운 이를 독자로 소통하는 시인

1990년대에는 서점가에서 불특정 독자를 상대로 하는 감성시가 인기를 끌면서 베스트셀러로 부와 명예를 얻는 시인들이 많았다. 하지만 2000년대 들어서면서 컴퓨터가 보급되고 인터넷과 SNS가 활성화되면서 불특정 독자를 상대로 하는 시를 써서 부와 명예를 얻는 시인은 거의 찾아보기가 힘들다. 더구나 웬만한 감성시는 챗GPT가 대체하고 있어서 시인을 직업으로 살아가기란 더욱 어려운 시대가 되었다. 따라서 시대를 대변하는 소리꾼이자 시대를 이끌어가는 선구자로서 시인의 역할을 하려면 먼저 냉정한 현실을 받아들여야 한다. 이제는 직업으로서의 시인이 아니라 생활인으로서의 시인으로 돌아가라는 시대적 요구를 받아들여야 한다.

시는 원래 소통의 도구였다. 직접적으로 표현해서 이성에 기대는 것보다 배려하는 돌려 말하기로 감성에 접근해서 상대의 마음을 좀더 쉽고 확실하게 얻는 소통의 도구였다.

시인은 이런 시대의 요구를 정확히 받아들여 실천하고 있다. 그래서 시인의 시는 거의 다 일상에서 가장 가깝게 지내는 가족부터 시작해서 친구, 동료, 이웃들의 이야기를 담아 그들과 끊임없이 행복한 소통을 시도하고 있어서 챗GTP가 갖추지 못한 인간미를 듬뿍 품고 있다.

고희 넘은 나이에도 어머니가 보고 싶고
어머니 불러 보고 싶다
꿈속이든 가족모임이든
언제든지 오시길 바라며
나도 부모가 되어 늙어 가고 있다
– '고희 넘은 나이에도' 에서

딱따구리 꾀꼬리 까치
어느 새 다 자랐다고
호로록 호로록
신나게 둥지를 떠난다

그런데 난
어머니 둥지가
왜 이리 그립고 그립지
– '어머니 둥지' 전문

고희를 넘은 나이에도 어머니 둥지를 그립다고 표현하는 신중년의 고백이 아련하다. 가장 개인적인 감성으로 가장 인간적인 감성을 표현하고 있다.

쌍둥이 손주들
유치원을 다녀
주말이나 볼 수 있다

만나 부둥켜안고
씽긋 웃으면
무더위 싹 잊어버린다
– '짝사랑'에서

다섯 살 쌍둥이 손녀
집안이 답답하다며
놀이터로 손을 이끄네
미끄럼틀 그네 시소 타고 나면
지천으로 널려 있는 야생화 꽃밭으로
잡아끌어 또 발길을 옮긴다
– '소중한 선물'에서

백세시대에 손주 바보로 소통하는 모습은 어떠한가? 자식과 손주들과 시로 소통하는 시인이 펼쳐주는 신중년의 삶이 마냥 행복하게 다가온다.

나는 사과를 선물로 받았고
지인이 재배한 토마토를 보내 받았는데
아내는 톡 터질 것 같은 연시를 사왔다
붉게 익은 노을에 맛과 향이 그윽하다

나도 황혼의 삶이
사람다움에 물들어
붉게 익은 과일처럼
그 맛과 향이 이어졌으면
– '황혼' 전문

시를 보면 시인이 보이고, 시인을 보면 시가 보인다. '황혼'에는 지인으로부터 시인이 받은 사과와 토마토가 형상화됐지만, 시인을 아는 사람들은 이 시를 통해 평소에 베풀기를 좋아하는 시인의 삶을 떠올리게 한다.

시인은 직업인으로서의 시인이 아니라 생활인의 시인으로서 불특정 독자가 아니라 가장 가까운 이들을 독자로 삼아 일상의 행복을 나누는 소통의 도구로 시를 잘 활용하고 있다. 일상에서 소통과 힐링의 시로 행복을 추구하는 신중년의 삶을 선구자적으로 펼쳐가고 있음을 보여준다.

엇배기 농사꾼이 하지 감자 거둔 밭에
들깨 심었다고 자랑하더니
들깨 한 말 선물로 주기에
깨소금 터지는 가을을 맞이하네

향긋한 들깻잎 향기는
친구의 무더위로 찌든 땀
깻잎 하나하나에 정성을 담아
정제하여 다시 내보내는 향기라
– '들깨'에서

친구가 준 들깨 한 말을 예사로이 넘기지 않고 이렇게 진심 가득한 시로 화답해주는 시를 접하는 친구의 마음은 어떠하겠는가? 시인은 한 편의 시가 일상에서 가까운 사람들의 마음을 얻는 최고의 도구로 활용될 수 있다는 것을 잘 보여주고 있다.

3. 신협인에서 문화역군으로
시인의 역할을 수행하는 신중년 시인

아버지는 일꾼에 의지하는 건달 농사꾼
어머니는 부엌과 일에 찌들어 살아오신 분
나이 드신 어머니 아버지는
농사일은 나에게 맡기고
부엌살림은 내 아내에게 넘기길 원했다

그런데 어쩌다
나는 신용협동조합에 몸담게 되었고
– '나의 길' 에서

시인은 고리 사채업이 성행하던 시대에 문턱 높은 금융기관을 서민이 이용하기에 무척 힘든 시기다. 특히 담보물건 없이 대출 받는 것은 하늘에 별 따기만큼 힘들었다. 군 만기 제대한 다음 해 1978년 2월부터 이천신협의 직원으로 입사하여 조합원의 점포나, 가정을 방

문하여 예금을 받는 파출업무를 시작했다. 푼돈 모아 몫돈 만드는 신협은 조합원에게 담보가 필요 없는 신용대출을 실시하여 대형 조합으로 성장했다. 전무의 직책으로 명예퇴직 후 이천신협에서 처음으로 진행된 상임이사장 선거에서 압도적인 지지를 받아 당선되었고, 재임시 조합원 중심의 경영을 정착시켜서 지역 경제발전에 크게 기여했다.

이처럼 시인의 인생 1모작은 이천신협의 성장과 지역사회 발전을 떼어놓고 생각할 수 없는 협동조합 역군, 즉 신협인이다. 그래서인지 인생 2모작을 펼치며 본격적으로 들어선 시인의 길에 문화역군으로서 문화가 경쟁력인 시대에 그 역할을 충실히 수행하려고 노력하는 모습이 돋보인다.

당신은 시장의 작은 들꽃
눈비가 온다 하여도
쪼그려 앉아 웃으며
새내기 신협 직원 반갑게 맞이했습니다

풍성한 물건 진열한 상점이 아니라
나물 풋고추 오이 옥수수 감자
사과 궤짝에 올려놓고 파시는 아주머니
천원 이천원 푼돈 저축하려고
은행에 갈 수 없다 하며
신협의 파출 업무를 고마워했습니다

저축하는 재미가 쏠쏠하다며

통장 잔액을 보고 또 보시니
직원도 더불어 덩실덩실

아들 딸 대학교 입학금
집 장만하는데 보태 주어야 한다며
식사는 늘
노상에서 싸늘한 도시락입니다

당신은 시장의 작은 들꽃
맑고 곱게 피어오르니
가치와 그 향기는
하늘 땅으로 가득합니다
– '시장의 작은 들꽃' 전문

문화 경쟁력을 높이는 방법 중에 하나는 시대적인 기록을 체계적으로 수집, 보존, 관리하는 문화 아카이브를 구축하는 것이다. 지금은 별것 아닌 것 같지만 우리가 일상으로 누리는 문화생활을 기록으로 잘 정리하여 후세가 문화강국을 이루는 소중한 밑천으로 쓰도록 전해주는 것이다. 시인은 이것을 잘 알기에 소통의 시를 통해 문화 아카이브를 구현하기 위해 노력하고 있다. '시장의 작은 들꽃'은 이천신협의 역사를 후대에게 알려주는 문화 아카이브를 잘 보여주고 있다.

중앙통시장은 기쁨과 슬픔을 더하고 나누는 곳
이 마을 아저씨 저 동네 아줌마들이
억척스런 악다구니로 하나가 되는 곳

매운 닭발 모래집 튀김 전 족발 새로운 안주
억척스런 악다구니 옛 모습 살아 있지만
사라진 것들에 대한 아쉬움은 달랠 길 없구나

그때 알았더라면 좋았을 걸
그림으로 사진으로 시로
또는 일기로 자세히 남겼더라면
– '이천 중앙통거리' 에서

시인은 문화 아카이브의 중요성을 좀더 일찍 인식하지 못한 것에 대한 아쉬움을 달래듯이 지역의 역사와 문화를 시로 기록하는데 더욱 열정을 보이고 있다. 우리는 대개 당시에 너무나 당연하게 여기는 것을 소홀히 여기고 그냥 흘려버리는 경우가 많다. 그런데 문화는 대개 이런 것들이 후대로 전해지면서 소중한 가치로 빛나는 경우가 많다. 따라서 문화 아카이브의 중요성을 안다면 바로 당시에 너무나 소홀히 여겨 그냥 흘려버리기 쉬운 것에 더 깊은 애정을 갖고 기록으로 남겨야 한다. 시인은 이런 점을 잘 알기에 일상의 소소한 이야기들을 시로 기록하고 있다. 지금은 너무나 당연하게 여길지 모르지만 이런 작품들이 후대에는 소중한 문화 아카이브로 빛을 발하게 될 것이다.

누에가 뽕잎을 갉아 먹듯이
사각사각 설봉산이 벗겨지는 날
땔감 긁어모으는 읍내 사람들 다닥다닥
산등성이 이불처럼 덮었던

낙엽을 홀라당 벗겨내 맨바닥 드러내고
푸른 소나무 손닿는 가지마다
낫질로 전부 도려내어
상투 올린 듯 꼭대기만 푸르다

영 트는 날은 낭구 하는 날
산림간수가 지키던 땔나무를
임금님 영 내리듯이 허락하던 날
땔감이 가을걷이 못지않게 중요하던 시절
사람들이 애타게 기다리던 날
열흘 이내 쉴 틈 없이
나뭇가리를 쟁여놓아야
따뜻한 겨울을 지낼 수 있어
통행금지 해제되는 새벽 네 시에
아버지 어머니 어린 자식 총동원해서
설봉산 향해 달려가던 날
– '영(令) 트는 날'에서

낭구는 나무의 이천 사투리다. 전후 시대에 민둥산을 푸른 산으로 가꾸기 위해 산림간수의 감시가 심하던 시절이었다. 지금과 달리 땔나무가 없으면 추운 겨울을 버티기 힘든 시절이라 사람들은 감시를 피해서라도 산에 올라 땔감을 구해야 했다. 현실적으로 통제만 할 수 없어 나라에서 합법적으로 땔나무를 베도록 허락한 '영 트는 날'이 있었다는 것을 기억하는 이가 얼마나 될까? 설사 기억하더라도 이렇게 한 편의 시로 기록해서 문화 아카이브로 후대에게 전하는 이가 얼마나 될까? 오로지 문화역군으로 문화 아카이브의 중요성인 인식하고 문화가 경쟁력인 시대를 살아가는 신중년 시인만이 할 수 있는 일이 아닐까?

나지막한 동산 중턱에 동새말 동네가 있었다
피난 온 사람들이 모인 양철지붕이 많았지만
아주 편안한 이웃들이 살고 있었다

안흥리 가는 오솔길이 있었고
반딧불 메뚜기 잡던 논과 밭
그리고 미나리꽝이 있었다
– '온천공원'에서

가장 한국적인 이야기를 담은 봉준호의 영화 '기생충'이 세계적인 칸 영화상을 수상하고, 가장 한국적인 이야기를 담은 한강의 소설들이 세계적인 노벨문학상을 수상한 것에서 보듯이 가장 한국적인 이야기가 가장 세계적인 문화로 인정받아 경쟁력을 발휘하고 있는 것이 현실이다.

시인은 문화역군으로서 이런 현실을 바로 인식하고 있다. 그래서 시인은 하루가 모르게 변하는 지역의 모습을 구체적으로 생생하게 표현하고 있다. 가장 개인적이고 가족적인 이야기, 가장 가까운 이웃의 이야기, 시인이 태어나 평생을 살아온 가장 지역적인 이천의 이야기를 시로 형상화하고 있다.

인생 1모작은 신협인으로, 인생 2모작은 문화역군으로 열정을 펼치는 신중년 시인을 '소통과 힐링의 시'로 널리 소개할 수 있음이 행복하다.

시인을 통해 은퇴 후 노인으로 살아가던 이들이 각성을 해서 더욱 많은 이들이 백세시대를 노래하는 문화역군으로, 행복을 추구하는 신중년 시인으로 거듭 날 수 있기를 소망해 본다.

– 후기 –

나의 삶을 색칠해 보았다

즐겁고 행복한 일,
지치고 고단한 일.
가족과 친구,
이웃 지인들과 함께한
기쁨과 사랑을 나누던 일.

망팔의 나이에도 언어로
아름다운 시어로 표현하여 색칠할
도전과 용기를 내보았다

누구나
자기 삶을 그려 보기를….